ファン文庫

あやかし帝都の癒しの花嫁

著　七沢ゆきの

マイナビ出版

目次

第一章　できそこないの花嫁

「姉さん、佳蓮《かれん》の服の支度がまだよ！」

朝の清爽な空気を甲高い声が引き裂く。

広い書院造の屋敷の中、豪華な調度に囲まれた部屋にいる少女が発した声だった。

その声に呼び寄せられるように、もう一人の少女が小走りで廊下を歩んでくる。そして、呼び声を上げた少女がいる部屋の襖を開けた。

「ごめんなさい、佳蓮。お勝手で仕事をしていたものだから」

佳蓮と呼ばれた少女とは正反対に、粗末な和装をした少女だった。棒縞の木綿の着物にはそこここにつぎが当たり、裾の丈も体つきに比べて短い。新調するどころか、年齢に合わせて生地を仕立て直すことも許されていないのだろう。その上、ところどころ、黒ずんだ染みも生地に浮いている。姉さんと呼ばれている通り、年齢は、佳蓮より一つ二つ上というところだろうか。かさかさと乾いて痩せた頬は平たく、少女に刻まれてきた苦労を思わせる。切れ長の瞳も小さくはないが伏し目がちで、その存在感を示すことはない。擦り切れた畳のようにけば立つ長い黒髪は、遠慮がちに首の後ろで一つにくくられている。

「言い訳はいらないわ。帯を結んで。女学校に行くの」

佳蓮が傲然と肩をそびやかす。

疋田《ひった》絞りを全面に施した錆朱と白の振袖は、普段着にするには上等すぎるものだ。それを、佳蓮は女学校に行くために身につけるという。それだけで、彼女の置かれた恵まれた環境が目に見えるようだった。廊下から入ってきた少女とは、まるで違う。

「ええ。でも、佳蓮もいつかはお嫁に出るんでしょう？　帯は一人で結べた方が……」

遠慮がちに粗末な着物の少女が口にする。すると、佳蓮がぱしっとその頬を叩いた。

「お黙り！　澪《みお》！」

少女が呆然と頬に手を当てる。

じわじわと、頬に熱さが広がる。痛みよりなにより、驚きと悲しみの方が強かった。

大きく目を見開く少女を見て、佳蓮がにこりと得意げに笑う。それは華やかで――こんな場には似つかわしくなく、美しかった。

年齢は十五歳くらいだろう。ぱっちりとした瞳を縁取る長いまつげ。小さくぷっくりとした唇。つやのある焦げ茶の髪はふわふわと柔らかく、白くなめらかな肌の上に落ちている。それに加えて、はじけるような若さと傲慢さが、佳蓮の整った顔立ちを引き立てていた。

「悪かったわね、姉さん。つい手が出てしまったわ。しかも、姉の名前を呼び捨てにするなんて淑女にあるまじき振る舞いね」

頬を打たれた少女――澪が無言でうつむいた。

なにを言っても無駄なのだ、この家では。いけないのはそれを忘れてしまった自分だ。

そんな澪に目をやり、佳蓮が含み笑いをしながら顎先に人差し指を当てる。

「でも佳蓮、姉さんを見ていると、淑女でなんかいられなくなるのよ。だって、姉さんは相馬《そうま》家の恥だもの」

澪はうつむいたまま、のろのろと体を動かし、佳蓮の背後に回る。金襴の織が見事な帯を両手に捧げ持ち、澪は無言で佳蓮の帯を結び始めた。

「それでいいのよ。この伝統ある相馬男爵家は帝の信任も篤い祓《はらえ》の家。なのに姉さんは祓の力をかけらも持ってないんですもの！　せめて、下働きをするくらいしかないじゃない」

嘲る調子をした佳蓮の言葉から耳を塞ぐように、澪は一心に帯を結ぶ。佳蓮の言う通り、下働きで酷使された指先は、男爵家の長女のものだとは思えないほどひび割れ、ささくれ立っていた。

――大政奉還ののち、将軍に変わり帝が治めるようになって久しい大正の御代。代々、朝廷に仕え、あやかしと戦ってきた家系の人間たちも前代に華族として爵位を与えられていたが、相馬家もまた、祓の力の強さから男爵を任ぜられ、活躍をしてきた。

しかし。

次代の相馬家の後継者となるはずの澪には、祓の力が全くなかった。

両親は澪の力の開花を待ち、そして落胆した。祓の力を発揮することで与えられてきた爵位だ。それが有名無実のものになってしまえば、相馬家の家名存続にも影響を与えかねない。

そんな不安を打ち払ったのが次女の佳蓮だ。

佳蓮は、幼いころから祓の力を発現させ、両親を安堵させた。

それと同時に、残酷な立場の逆転が起きた。

相馬家の長女として扱われるはずの澪はいない者とされ……日が当たる場所に出るのは佳蓮のみとなった。

相馬家に澪を庇う者はいなかった。両親でさえ異能のない澪を疎んじ、できそこないと呼んだ。澪は笑うことを忘れ、語る言葉さえなくしたようだった――。

「できたわ、佳蓮」

「うん、いいじゃない。姉さんはできそこないだけど、帯を結ぶのはうまいわね。髪結いにでもなったら？　職業婦人になるなんてモダンじゃないの」

鏡台に背を映しながら、くすくすと佳蓮が笑う。

「それは、お父さまがお許しにならないと思うわ。わたしは相馬家の娘だから……」

「へーえ。できそこないのくせに言うじゃない。そうね。佳蓮は次女よ。相馬家を継げないわ。でも、できそこないの方がもっと相馬家にふさわしくないのよ」

鏡越しに睨みつけてくる佳蓮に、澪が黙り込む。

どう言葉を返しても、この気性の激しい妹は怒り狂うだろうことが澪にはわかっていた。

異能の才があっても、佳蓮には手に入らないものがあった。それは長女の名だ。どれだけ無能でも、家を継ぐのは澪だろう。きっと、似たような祓の力がある家系の婿を取り、澪は名ばかりの当主となってお茶を濁す……この時代の常識に照らし合わせて、誰もがそう思っていたのだ。それは澪も佳蓮も同じだった。

そして、そのことは佳蓮をとても苛立たせていた。相馬家の女王として君臨していた佳蓮にとって、自分の手に入らないものがあるのも、見下している姉が相馬家を継ぐのも許しがたいことだった。

「もういいわ。下がって。あ、そうだ、お父さまから頂戴した銀のカップを磨いておいて。佳蓮だけがお父さまからいただいた素晴らしい物よ。姉さんの分はないの。悔しい？」

「……いいえ」

悔しいとか、そんな気持ちはもう枯れはててしまったのだと、澪は思う。家族に蔑まれ、一人ぼっちでいることは、まだ少女の澪の心を容赦なく削っていた。

「あ、そう。つまらない。まあ、姉さんはずっと屋敷にいるし、時間だけはあるものね。よく磨いて頂戴な」

両親から見捨てられた澪は、女学校に通うことさえ許されていない。佳蓮は、ダンスから詩歌に至るまで、行き届いた令嬢教育を受けているというのに。

「さあ、早く出て行って。姉さんが佳蓮の部屋にいると、できそこないの匂いがうつりそう」

汚いものでも振り払うように、佳蓮が手を振る。

澪はうつむいたまま、佳蓮の部屋から退出した。

「お嬢さま、そのようなことは、わたくしが」

「いいのよ、志乃《しの》さん。わたしが佳蓮に頼まれた仕事なんです。肩代わりしたら、かえってあなたが叱られてしまうわ」

磨きかけていた銀のカップに手を差し出され、澪が志乃に微笑《ほほえ》む。

広い相馬家の客間の中、いつものように使用人の志乃はちょこまかと動き回り、埃を払い、床を磨いていた。そこへ、佳蓮に命じられた澪が銀器を磨きに来た。

澪の荒れた指先が、キャビネットから銀のカップを取り出す。絡まる蔓《つる》とその合間から顔を出す薔薇が立体的にエングレービングされたカップとソーサーは、佳蓮が誇るのも無理はないビクトリアン様式の逸品だった。

澪はそれを丁寧に持ち上げ、銀磨きを綿布にしみこませて磨いていく。

そんな澪を志乃は敬愛していた。

志乃は、屋敷の中でも数少ない、澪を慕う使用人の一人である。物静かだが、使用人たちに対して偉ぶることも分け隔てすることもない澪が、自分たちと同じように寒さに身を縮めながら庭の掃除をしていたときは、慌ててその箒を奪い取ったほどだ。

「でも、お嬢さまは相馬家の刀自《とじ》となられる方なのに、わたくしたちと同じようなことをなさるなんて」

「志乃さん、わたしも相馬家の役に立ちたいのよ。佳蓮のようになれないのなら、せめて、家のお仕事くらい。それに、こうしてお仕事をすることは将来のわたしにきっと役に立つわ。祓の力がなくても、家の差配ができればいい主婦になれるもの」

「お嬢さまは、充分いいご主人です。佳蓮さまと違って……」

頬を膨らませかけた志乃に、澪は「しっ」と唇に指先を当てるジェスチャーで応じる。

「人を誰かと比べては駄目よ。そうして褒《ほ》められても、わたしは嬉しくないわ。志乃さんもそうではなくて？」

「……お嬢さまは、優しすぎます」

「そう？　わたしには、それしかないから」

少し寂しげに目を伏せて、澪が今度はソーサーを磨き始めた。

その姿が痛ましくて、志乃は思わず心の内をこぼしてしまう。

「旦那さまだって、佳蓮さまにだけ贈り物をたくさんして。このカップだってそうですよ。お嬢さまの分がないと知ったときの、佳蓮さまの嬉しそうな顔！　どうして……こんなによいお方のお嬢さまを、皆さまはないがしろにするのでしょうね……」

「仕方ないわ。わたしにはなんの力もないんですもの」

「だからって……！」

澪よりは年上とはいえ、まだ年若い志乃には澪の諦念がもどかしかった。痩せた体もひびだらけの手も、澪がもう少し自分を主張すれば、事態はずっとましになるのではないかと思えたのだ。

「わたくしがもし、お嬢さまと同じような身分だったら、旦那さまに進言を」

「志乃さん！　お黙りになって！」

普段は聞いたこともないきつい調子の澪の声に、志乃が肩をすくませる。澪が大声を出すのを志乃は聞いたことがない。それがこんな風になるとは、もしかして逆鱗《げきりん》に触れてしまったのではないかと――。

「どうした、澪」

だが、それは杞憂だった。いや、志乃がある意味では虎の尻尾を踏みかけていたのは事実だったのだろう。

ノックもせずに扉を開けて、澪の父――相馬東貴《とうき》が客間に入ってきたのだ。

「おまえを捜しにここまで来たら、志乃が大声を出していたようだが、なにか問題があるのかね？　旦那さまとも聞こえた気がするが……志乃は儂《わし》に用があるのか？　今なら聞いてやってもいいぞ。時間ならあるからな」

口元に冷笑を浮かべながら、東貴が志乃を見やる。

ぶるりと、先ほどとは違う動きで、志乃が肩を震わせた。

扉に背を向けていた志乃には、東貴が見えなかった。澪が止めてくれなければ、東貴の機嫌を損ねるような台詞《せりふ》を吐き、相馬家から叩き出されていたかもしれない。

「なにも問題はございません。お父さまのこともお話ししておりませんわ。少し……わたしと志乃さんがふざけあっていただけです。お父さまのお耳に障ったら申し訳ありません」

「どうも、儂には違うように聞こえたがね」

「いいえ、本当に。ねえ、志乃さん。あなたがちょっと馴れ馴れしい口を利いたものだから、わたしが声を荒らげてしまっただけよね」

そうよね？　うなずいて——！

澪の視線が志乃に必死に訴える。

志乃ががくがくと顔を縦に動かした。

佳蓮をさらに傲慢にしたような東貴の気性は、志乃もよくわかっていた。

「は、はい。左様でございます。わたくしが出過ぎたことを申しました。お嬢さま、使用人の分際で申し訳ありません！」

「いいのよ。このお部屋の掃除はもう終わったわよね。お勝手でばあやに次の仕事を聞いてらっしゃい。わたしも、ソーサーを磨いたらお勝手に行くわ」

「かしこまりました、失礼いたします！」

　ぎこちなく頭を下げて、志乃が客間を出ていく。

　澪が、東貴には気取られないよう小さくため息をついた。

　東貴が渋面を作り、ふん、と不快そうに鼻を鳴らす。しかし、それ以上、澪と志乃を追及することはなかった。そのことにほっとしながら、澪が東貴を仰ぎ見る。

「お騒がせして申し訳ありません、お父さま。こちらの器を磨き終えたら、わたしもお勝手に下がります」

「いい」

「――え？」

「いい、と言っているんだよ。おまえは耳が聞こえないのか」

「では、ほかになにかお仕事が？」

「違う。察しの悪い娘を持つと苦労するな」

「申し訳ありません」

　理不尽な東貴の言葉に、それでも澪は頭を下げる。この屋敷では、こんなことは日常茶飯事だった。

「まずはそのカップを仕舞え。それは儂が佳蓮にやったものだ。おまえには似合わん」

瞬間、澪がわずかに唇を噛んだ。慣れているはずでも、それでも胸が痛むのは止められない。別に、銀が似合わない娘でもいいのだ。ただ、似合わない理由が「佳蓮ではないから」というのがつらい。

「仕舞い終えたら黙って広間に行け。儂から、おまえたち姉妹に話がある。佳蓮もそろそろ帰ってくるはずだ」

「佳蓮が？　差し出がましいですが、あの子は女学校に向かいました」

「大事な話だから急ぎ女学校から帰らせた」

そこまで言って、東貴が足元の板を蹴りつける。

「まったく、おまえは本当にうるさい娘だな！　なんの力もないくせに、小生意気な目で儂を見おる！」

「そんなつもりは……」

「おまえの都合など聞く気はない！　さあ仕舞え、すぐに仕舞え。そして広間に行け！」

「お、お父さま」

華奢《きゃしゃ》な手から銀器をもぎ取られ、澪が困惑の声を上げる。さすがに、やりかけていた仕事を取り上げられるのはこれが初めてだった。

「広間では母さまも待っている。ぐずぐずするな！」

今からなにが起きるのかしら？

広間についた澪が首をかしげる。

先に広間のソファに座っていた母は、おずおずと扉を開け広間に入ってきた澪を見もしない。

澪の母の悠衣子《ゆいこ》にとって、異能を持たずに生まれてきた澪は最大の恥であり、彼女の完璧な人生の中の失敗作なのだ。

「澪」

「はい、お母さま」

相変わらず、澪の方へは目をやらずに悠衣子が口を開く。

黒のお召しを豪奢に着こなした美貌の悠衣子と、粗末な格好をした澪は、まるで主人と使用人だった。

「今日はおまえがやっと役に立つ日よ。だから、お母さまは機嫌がいいの」

「わたしが、役に立つ？」

「ええ。おまえみたいな娘でも、産んでおくものね」

澪がうつむいた。

何度繰り返されても、母に否定されるのは悲しい。だが、そんなことは口にしても詮無いことなのだ。幼いころ、何度も寂しさに取りつかれ泣いたことで、自分は一生分の涙を流し尽くしてしまったのではないかと澪は思う。

「早く佳蓮が帰ってこないかしら。あの子にもいい話なのよ。佳蓮はとても可愛いわ。澪もそう思うでしょう？」

ひびが入り血がにじむ指先で、澪は自らの胸先を押さえる。

もし、自分に祓の力があれば、佳蓮と同じ位置に立つことはできたのだろうか。母に、「可愛いわ」と言ってもらえたのだろうか。

——存在を、望んでもらえたのだろうか。

どうしようもないことだとわかっているのに、鼓動が速くなる。

母と話ができる機会などそうない。せっかく声をかけてくれた今のうちに、なにか少しでも伝えたい、と澪が口を開きかける。

だが、それは、勢いよく開いた客間の扉の音に遮られた。

「ただいま、お母さま！」

「まあ、佳蓮。おかえりなさい」

澪と話していたときとは打って変わった笑顔で、悠衣子は佳蓮を迎えた。

「急なことでびっくりしたでしょう。馬車は揺れなかった？　うちの御者は急がせると馬を揺らしてしまう癖があるから――」

「大丈夫よ、お母さま。それに佳蓮は馬車の揺れなんか怖くないわ」

そこまで言って、佳蓮がちらりと澪に視線を投げる。冷たさと優越感が同居する、尖ったものだ。

「できそこないの姉さんとは違って、いつかは陛下のために働くんですもの。佳蓮は強い娘なのよ」

澪が首をすくめる。

できそこないと言う佳蓮の言葉は、楔《くさび》のように澪に食い込んだ。

けれど、悠衣子はそれを咎《とが》めるでもない。むしろ、誇らしそうに腕を広げた。

「素晴らしいわ、佳蓮。さあ、ソファにお座りなさい。年頃の娘が棒立ちをしているのは優雅ではないわ」

「お母さまのお隣でもよくて？」

「もちろんよ。あなたはお母さまの大切な娘。お父さまもいつも皆さまに自慢をしているのよ」

「それは少し恥ずかしいわ。お父さまにそんなことを許して、佳蓮はたしなみがないと思われないかしら」

「大丈夫よ。あなたはそれだけ優れた娘ですもの。美しくて力のあるあなたは、社交界でも話題なのをお母さまも知っているわ」

「そんな、照れてしまう……」

「あら、真実を言われたら、ただ微笑むのも淑女のやり方よ。あなたもお母さまを見習って淑女にならなくては」

「はい、お母さま。では佳蓮はにっこり笑うわ。佳蓮を大事にしてくれてありがとう」

「娘を大事にするのは、親として当たり前のことよ」

二人のやり取りを、澪は広間に立ち尽くしたまま聞いていた。

こんな扱いにも慣れたはずだ。

でも、喉を締め付けられるやるせなさは、澪を苦しくさせる。

どれだけ冷たくされても、澪にとって悠衣子は母だった。こちらを向いてほしい、一言なにか言ってほしい、隣に行くことを許してほしい――娘として、認めてほしい。

どうにもならないことだとわかっていても、感情は動きを止めてくれない。

「ところで、お母さま、これはなんのご用事なの？　女学校から引き返すのなんか初めてで、佳蓮はびっくりしたわ」

「今朝ね、お父さまのところにとてもいいお話の電報が来たの。佳蓮にも関係があるから、女学校から呼び戻したのよ。慶事は早い方がよろしいでしょう？　あとは、お父さまがいらしてから、ね」

「ええ。わかったわ。ところでお母さま、佳蓮は新しいかんざしがほしいの。今、女学校では瑪瑙《めのう》が流行っているのよ」

「おねだり？　仕方のない子ね」

そう言いながらも、悠衣子の頬には優しい微笑が浮かんでいる。

「では、出入りの商人にかんざしを持ってこさせましょう。とびきりの瑪瑙を用意させるわ」

「わ！　お母さま、大好き！」

「あらあら、佳蓮は甘えん坊さんね」

「だって嬉しいんですもの」

「いいのよ。あなたは特別な子なんですもの。あなたにまで力がなかったら、お母さまはどうしていいかわからなかったわ」

悠衣子の指が佳蓮の頬を撫でる。

それは、澪の荒れた指先とはまったく違い、爪の先まで磨き抜かれていて、しなやかに光っていた。

「おや、仲良くやっているようだね」

「お父さま！」

大きく開いた扉から入ってきた東貴が声をかける。佳蓮が嬉しそうに声を弾ませた。

「お父さま、なんのお話なの？　お母さまは詳しく教えてはくださらないのよ」

「めでたい話だよ。おまえにとっても、相馬家にとっても。……なにを突っ立っているんだ、澪。みっともない」

「申し訳ありません！」

突然、矛先を向けられ、澪が慌てて頭を下げる。その様子を見て、佳蓮がにんまりと笑った。

「怒らないで、お父さま。姉さんは使用人みたいに立っているのが好きなのよ。好きにさせてあげましょう」

「そうか？　まあ、佳蓮がそう言うのなら……」

「それよりご用事が早く聞きたいわ。女学校より大事なご用事ってなにかしら。わくわくする」

「おまえは本当に無邪気で可愛いね。それに比べて、澪は……」

苦々しげに舌打ちをして、東貴が先を続ける。

「だがな、澪、喜べ。おまえを嫁に取りたいという人物が現れた。秋月公爵家の当主だ。男爵家の娘にとってはこれ以上ない格上の縁談だぞ。おまえの行く先には儂も気を揉んでいたが、これでやっと枕を高くして眠れる」

え、と大きく澪が目を見開く。

信じられない一言だ。どうして、長女の自分が嫁入りを？

「お父さま、それでは相馬家は……？」

「佳蓮が継ぐ。なんだ、澪、その顔は。おまえはできそこないの分際で、歴史ある相馬家を継ぐ気だったのか？」

凍り付くほど冷たい東貴の言葉に、澪は浅い呼吸を繰り返しながら首を左右に振った。

「確かにわたしは、祓の力のない娘です……でも、婿を取り、相馬のお家を継ぐことを……そのために相馬家に尽くして……」

「同じ婿を取るなら、逆順とはいえ、力のある佳蓮が取った方がいい。第一、なんの取柄もないおまえが、相馬の当主になるのを儂は許せんよ。佳蓮こそが、相馬の当主にふさわしい」

澪はもう、声も出せなかった。

わかるのは、なにもかも奪われてしまったということだけだ。

いつかは相馬家を継ぐ……そのためならどんなことでも耐え抜こうと、蔑まれても、あざ笑われても、背を伸ばし、歯を食いしばって生きてきた。それが、すべて無に帰したのだ。

そんな澪とは裏腹に、佳蓮が歓声を上げる。

「まあ、お父さま、素敵！　佳蓮もそうだといいなと思っていたのよ！」

「そうか、そうか。これまで待たせてすまなんだな。おまえにふさわしいいい婿がなかなか見つからなかったのだよ。しかし今朝、甲村伯爵家から電報が来てね。かねて話をしていた通り、甲村の次男をうちにやってもいいと言ってきた。それで、おまえを急ぎ女学校から呼び戻したわけだ」

「甲村のお兄さまならパーティーでお見かけしたわ。とても素敵な方よね」

「そうだよ。役者のような男ぶりで、その上、伯爵家の血縁者なら、おまえによく似合うこと請け合いだ。佳蓮、これからは次の当主として、ますます相馬家を栄えさせておくれ」

「ええ、お父さま！」

ソファの上で跳ねるようにする佳蓮とは正反対に、澪は体を固くしたままだった。

はしゃぐ佳蓮の声が、澪の耳にはわんわんと歪んで聞こえる。

捨てられた……いいえ、はじめから、わたしにはなにもなかったの？

相馬家の名前に恥じない娘でいようとした努力も無駄だったの？

「でも、姉さんはお気の毒ね。秋月公爵といえば、あの醜い『怪物公爵』でしょう？しかも、資金がなくて社交界にも出られない……」

気の毒さなどかけらも感じられない口調で言ったあと、佳蓮がくすくすと笑う。それを、東貴も愉快そうに笑いながらたしなめた。

「これこれ、佳蓮、腐っても公爵だ。男爵家の娘にとってはありがたい縁談なんだよ」

「だって、佳蓮はそんな人は嫌だわ」

「甲村の次男は秋月公爵とは違うから安心しなさい。実を言えば、以前から、秋月家から話は来ていたんだ。ただ、おまえの婿が決まるまでは、と儂のところで止めていた。なあ、母さま」

「ええ」

「お母さまもご存じだったの？　佳蓮だけが蚊帳《かや》の外だったというわけね」

つん。と口を尖らせて拗ねる仕草をする佳蓮に、東貴と悠衣子が苦笑する。

「腹を立てないで頂戴な。まさか、秋月家にあなたをやるわけにはいかないでしょう」

「おまえには、非の打ちどころのない婿を見つけてやりたかったからね。——澪、おまえは三日後に秋月家へ行け。式もなにもいらないと向こうは仰せだ。おかしな家だが、おまえの引き取り手になってくれるだけでありがたいよ」

「三日……後？　それでは、なんのご用意も」

澪が慌てて言い募る。

望まない縁談だとしても、着物や嫁入り道具を持参できなければ、嫁入り先で恥をかく。それだけは避けたかった。

「口答えをするな、澪」

「せめて、鏡台やお道具箱を」

「黙れ。これまで養ってやっただけでも業腹《ごうはら》なのに、もっと寄越せと？　ふざけた娘だな、おまえは！」

「あなた、もう少し柔らかく……」

悠衣子が割って入る。助け船が来たのだと、ぱっと澪が表情を明るくした。

けれど、悠衣子は悠然と残酷なことを口にする。

「澪、お父さまにご面倒をかけないで。入り用なものは向こうで用意してくださると聞いたわ。嫁いだら婚家に従うものよ。母さまもそうしたわ。もし先方に余裕がなくて、ご用意が足りなくても我慢なさい。あなたは秋月家の人間になるのよ」

「母さまの言う通りだ。いい加減に澪は身の程を知れ」

そして、みすぼらしい澪の姿を、上から下まで眺めまわしながら東貴が続ける。

「貧しい『怪物公爵』か。おまえにはぴったりの相手だろうよ」

◇◇◇

三日後。

澪は秋月家へと向かう馬車に揺られていた。

東貴が、せいぜい相馬家の隆盛ぶりを見せつけてやろうと言って手配した、家中でもいちばん大きい馬車だ。

澪の荷物は膝に抱えた行李だけ。中には、着物や化粧道具など、わずかばかりの私有物が詰め込まれている。東貴も悠衣子も、なに一つ澪に餞別は与えなかった。

――秋月公爵家当主、秋月暁斗《あきと》さん……どんな人なの？

澪は、通り過ぎる景色を眺めながら考える。

社交界に出ることを許されていなかった澪は、相馬家以外の華族には詳しくない。もちろん、秋月家のこともよく知らない。

その代わりのように、嫁ぐまでの三日の間、様々な人間が秋月暁斗のことを口にした。

……秋月家は先代当主が生きていたころは栄えていたが、息子の暁斗の代になって急速に萎んだ。まだ生きているはずの先代当主の妻も、表舞台からは退いている。才覚のある父が死んで、社交界に打って出る財産もなくしたのだろう……これは、悠衣子が「それでも、あなたは夫を支えなさい。相馬家にあなたが帰る場所はなくてよ」と、澪に口を酸っぱくして言い聞かせたときに知ったことだ。

……秋月家は相馬家のようになんらかの力があるが、はっきりと知る者はいない。恐らく、力をなくしかけているのに、古い血脈と名前にすがり爵位を維持しているだけの家に違いない。公爵家と縁を結べたのはよいことだが、立場は相馬家の方が強い……東貴は、そう言って大笑したものだ。東貴は、相馬家は男爵家に甘んじる家ではないと、常日頃言っていた。祓の力があるいくつかの家は、もっと優遇されるべきだと考えていたのだ。

そして、憐れみのベールで本音を包みながら、澪を最も見下してきたのが佳蓮だった。

『姉さんはかわいそうねえ。どうして秋月公爵が『怪物公爵』と呼ばれているか知ってる？　とても醜いのよ。それも、二目と見られぬほどの醜さで、普段は顔を隠して生きているとか。その上、気難しくて憂鬱《ゆううつ》なご気性らしく使用人も居つかない……ああ、佳蓮はそんな殿方のところに嫁いだら死んでしまうわ！　貧乏も、醜い夫を迎えるのも、佳蓮は絶対に嫌よ。せめてお金があれば、お買い物やパーティーで気晴らしができるけど、貧しくてはそれもできないじゃない？　ならどうやってまともに暮らすのか、佳蓮には見当もつかないわ。姉さんはそんな夫と一生を過ごすのね……本当に、おかわいそう……でも、優しい姉さんなら、『怪物公爵』にもよく仕えるんでしょうね。きっと、できそこない同士で仲睦まじく暮らされるんだわ』

澪が欲しがることも許されない、色鮮やかな友禅を身にまとい、佳蓮は誇らしげに笑った。

『姉さんはこれで公爵夫人よ。おめでとう。男爵家の佳蓮よりずっと上よ。……社交界にも出ない、贅沢もできない公爵夫人に意味があればだけど……』

あのときの佳蓮の笑みは、今でも澪の胸をちくちくと刺す。

贅沢なんて、できなくてもいい。相馬家の長女として立派に生きていくこと、それだけが望みだったのに――。

唯一、泣いてくれたのは志乃だった。

『お嬢さま、行ってしまわれるのですか。寂しく……とても寂しくなります……』

何度も志乃はそう繰り返した。

『どうしてもお困りになったら、わたくしの実家にお逃げください。粗末な家ですが、お嬢さま一人くらいなら養えます。どうか、どうかお健やかに……』

家同士の結婚だ。逃げることなどできはしないとわかっていても、澪には志乃の言葉が嬉しかった。

最後に、志乃と握手を交わして――その温かさを、澪は忘れることはないだろう。

「お嬢さま、秋月家に着きましたよ」

御者の声に、澪ははっと我に返る。

目の前には、背の高い黒塀がはるか遠くまで引きめぐらされている。

太い二本の角柱を左右に、屋根を上部に設けた門は、澪の到来を予感していたかの如くに開いていた。

「ありがとうございます。降りますね」

「手をお貸ししましょうか？」

「いいえ、大丈夫。荷物も少ないですから」

澪は、御者の申し出を柔らかく断った。

華族は、血を繋げることで自らの版図を広げていく。けれど自分には、普通の嫁入りのように、実家の後ろ盾は望めない。ならば、人に頼ることなど忘れるように——初めから、知らなかったように。

それは、澪の決意だった。

「……おつきの者もいないんじゃ、俺がついていくしかないのかな……」

困惑してひとりごちる御者に、澪は笑って首を振る。

「一人で行きます。あなたは、わたしは無事に秋月家に着いたと父に伝えてください」

そうよ、これまでも、わたしは一人。ならば、これからも一人でいることになんの痛痒があるの。

馬車から降りた澪は、行李を抱え直して背筋を伸ばす。

貧しくても、つらくても、どんな旦那さまが待っていても、わたしは相馬家の娘としての振る舞いをいたしましょう。それが、今のわたしにできる唯一のことだわ。

観音開きの玄関扉を、澪が小さな手のひらで押す。

すると、扉は、蝶番《ちょうつがい》の音を立てながらゆっくりと開いた。

「失礼いたします。相馬家から参りました」

巨大な御影石《みかげいし》の一枚板を据えた三和土《たたき》には上がり框《かまち》が続き、その先には磨き抜かれた樫の床板が広がっている。数寄屋造りと書院造りを掛け合わせた和風なしつらえの中に、アールヌーヴォー調の小テーブルと、それに合わせた吹きガラスの花瓶が光っていた。

花瓶に生けられている花は、白と緑も鮮やかな百合と雪柳だ。

相馬家でさんざん聞かされていた悪い評判とは違い、秋月家の玄関は手入れが行き届いていていた。

「どなたか、いらっしゃいませんか」

澪は、戸惑いを声に含ませながら、再び呼びかける。

このまま、誰も出てこなかったらどうしよう。馬車はもう帰らせてしまった——。

澪の手が、着物の襟をぎゅっとつかんだ。

歓迎されないのには慣れている。でも、心細さがそれで減るわけではない。

「どなたか——」

二度目に澪が呼びかけると、玄関に通じる廊下の角から女がひょいと顔を出した。着物にたすきをかけて、なにやら作業をしていた様子だ。四十がらみで丸髷《まるまげ》の、親しみやすい顔をした女だった。

「あれ、相馬のおうちのお嬢さんですか？」

前掛けで手を拭きながら、とことこと女が澪に歩み寄ってくる。

「え、ええ。そうです」

「まあ、迎えも出ずにすみません。なにしろ、お嬢さん、いいえ、若奥さまですね。若奥さまをお迎えする準備でてんてこまいで。さあ、おあがりください。旦那さまをお呼びいたします」

若奥さまって、わたしのことですか？　そう聞く間もなく、玄関で頭を下げる女に促され、澪は履物を脱ぐ。

そのときに、塗りの禿げた部分のある粗末な履物を女に仕舞われて、澪は思わず顔を赤くした。

けれど、女は澪を笑うでもなく、丁重に廊下を案内していく。


「こちらでお待ちください」

洋室に案内され、澪は思わず辺りを見回した。

家全体は和の造りを保ちながら、玄関の近くに客を迎える洋室を増築するのは、帝都で流行しているモダンな様式だ。室内は玄関の小テーブルと同じアールヌーヴォー様式で統一され、ソファやテーブルには優雅な曲線があしらわれている。どれも高級品で、貧しさに苦しむ名ばかりの華族の家に置かれるものではない。

「すぐに旦那さまがいらっしゃいます。お荷物を、よろしければこちらへ」

女に促され、澪は抱えていた行李を手渡す。

さして重くもないそれを、女は笑って受け取った。

「では、また後ほど」

一礼した女が部屋を出ていく。

澪は、小さな体をさらに縮めた。

なんだか、聞いていた話と全然違うわ。佳蓮の話では、使用人も居つかない家のはずなのに、あの女の人は生き生きと働いている。

このお部屋もとても豪華。相馬家と変わらないくらい――いいえ、相馬家より華やかかもしれない。あんな大きな黒檀のレリーフ、見たことがないわ。

それに、若奥さまって……。

澪の心をいちばんかき乱すのが、若奥さまと呼ばれたことだった。式もあげない婚姻だ。秋月家が訳ありなのは覚悟していた。丁寧な扱いなど、想像もしていなかったのだ。

そのとき、低いバリトンの声が室内に響いた。

「入ってもかまわないな？　――失礼する」

澪がぴょこんとソファの上で跳ねあがる。不意打ちの低音は澪を驚かせた。

「澪嬢だな。私は秋月暁斗だ」

背後からかけられた声に、澪は座ったまま体をひねって振り向き……目を見開いて動きを止めた。

秋月暁斗だと名乗る長身の男は、銀色の仮面で顔を覆っていた。髪も黒ではなく、苦労にくすんだような白髪だった。

人目を惹くその姿に、澪の心臓がどきどきと動く。

え、仮面をつけているの？　なぜ？　ああでも、なんだか、悲しそうな声だわ。

「そのままでいい。座っていなさい」

ゆっくりと、暁斗が澪の向かいに移動する。澪の視線も、それに合わせて動いた。

ソファには腰掛けず、暁斗は澪を見下ろして言葉を続ける。

「形だけのものだが、私はきみの夫となる」

「あ、ありがとうございます。わたしを選んでくださって。わたし、頑張ってよい妻になります。旦那さまの助けに少しでもなれれば――」

「形だけだと言ったろう？　聞いていなかったのか」

「いえ、でも」

「自分の立場を理解していないのか？　それとも、私の口からはっきりと言った方が？」

戸惑いのまま、澪は口をつぐむ。

政略や契約の果ての結婚だとしても、夫に尽くすことは当たり前だと思っていた。

あの美しい母でさえ、父の栄達のために力を尽くしていた。なのに、目の前の仮面の男性は、なにが言いたいのだろう？

「私には『妻』が必要だった。名目だけの妻が。それにはきみは、実に都合のいい人材だった。親にも興味を持たれない、女学校を介した女同士の縁もない。一度秋月家に嫁げば、誰にも助けを求められない」

「そんな……」

「相馬家の長女でありながら、相馬家に捨てられた存在。祓の才のない、誰も欲しがらない娘。ある意味、きみは有名だった。だから私は、きみを妻にしたいと申し入れた」

澪の喉の辺りが苦しくなる。ここでもまた、自分は不要だと言われているのだ。けれど、不要ならばなんのために娶《めと》る？　澪はそう聞きたいが、うまく言葉にならない。

「致し方ないことだ。私は帝に妻を取るよう厳命されてしまった。しかし、私は妻など必要ない。ならばどうすればいい？　多くを要求しない、自分の思うようになる妻を取ればいい。きみはそれに適任だっただけだ。きみ個人に、私はなんの興味もない。この結婚は、私が妻を得るための契約だ」

「そうだとしても、わたしは旦那さまにお仕えしたいです」

でなければ、なんのために生きているかさえ、わからなくなってしまうわ。相馬家の後継者として生きられないのなら、せめて嫁ぎ先で精一杯、妻としての役目を果たしたいの。

自身を見上げる澪の眼差しをどう解釈したのか、暁斗がため息をつく。仮面のせいで表情が読めないが、苦いものが混じっているのは確かだった。

「旦那さまと呼ぶのはやめろ。私ときみの繋がりは戸籍上の紙一枚だ」

「では、なんと」

「それ以外なら好きなように。人買いでも鬼でもかまわない」

「では、暁斗さんとお呼びします。あの、わたしが暁斗さんにお仕えするのも駄目ですか。たいていの家事ならこなせます」

「いらない。それに、私は」

そこまで言って、暁斗が仮面に手を当てる。

「きみは、この仮面について聞かないのだな」

「なにか、ご理由があってつけておられるのでしょうから。詮索は……好きではありません」

「そうか、なら教えてやろう」

そう言いながら、暁斗が仮面を外す。

澪は、息を呑むのを止められなかった。

仮面の下にあったのは焼けただれ……目鼻の形すら碌《ろく》にわからない肉塊だった。右目だけはかろうじて理性の光を灯しているが、左目は白く濁り、どこを見ているかもわからない。

父たちが言っていたことは本当だったのだ。

「これでわかったろう。私は誰かの夫になれる人間ではない」

驚き、言葉を失ってしまった澪とは反対に、暁斗はどこか満足そうに仮面をつけ直す。

「とはいえ、あまり手ひどく扱ってきみに逃げられても困る。私の顔は醜いが、きみへの待遇は醜くしないことを保証しよう。屋敷の者も、私が嫁を取ると聞いて喜んで用意をしている。きみの部屋もすっかり整えたと報告された。……そうだな、相馬家にいたときより待遇が劣ると思えばすぐに言ってほしい。改めよう。私の妻は、この家の女主人となるのだから。ただ、私に夫となることだけは求めないでくれたまえ、澪嬢」

そう言って軽く肩をすくめた暁斗が、部屋を出ていこうとする。

「待っ……」

差し伸べた澪の手は、暁斗に振り払われた。

「話は終わりだ。世話役に私の腹心の書生をつける。なにかあれば彼に相談するといい。繰り返す。私たちは夫婦であって夫婦ではない。私は、この心の内をきみに見せる気はない」


暁斗が去り、一人きりになった部屋で澪はため息をついた。

――なにも、言えなかった。

「わたし、ひどいことをしてしまったわ……」

沈黙したのは、ただ驚いてしまっただけ。醜いと思ったわけではない。そう言いたかったのに、言葉が咄嗟に出てこなかった。

「きっと、外見で人を判断する娘だと思ったでしょうね……」

祓の力がないという、目に見えない一点のみで蔑まれてきた澪は、そういったことに人一倍敏感だった。これまで美しい佳蓮と比較され続けてきたことも、それに拍車をかけた。なのに、そんな自分が、まるで外見で差別をしたのかのような振る舞いをしてしまったのだ。

澪の胸は、後悔でいっぱいだった。

「見た目なんてどうでもいいのよ……ここで、仲良く暮らしていけたら、それ以上はいらないのに……」

澪の目じりに涙が光る。

「どうしたら誤解が解けるかしら。暁斗さんのお気持ちを和らげることができるかしら。仮面なんて、ずっとそのままでもわたしはかまわないわ。わたしだって――」

できそこないですもの。

口にしかけた言葉は、唇に上る前に溶けた。

洋室に、一人の少年が入ってきたからだ。

「こん……泣いてましたか？」

「いいえ、大丈夫よ」

澪は慌てて着物の袖で涙をぬぐう。嫁いだ家で、余計な心配はかけたくない。

少年は十二、三歳くらいだろう。小柄な体に、シャツとズボンの軽装を身につけている。濃い茶色の髪と黒いサスペンダーが印象的だ。目も唇も小作りに整っていて、どちらかと言えば可愛らしい。使用人にしては上品な雰囲気だ。

誰かしら？　暁斗さんのご兄弟？

澪の疑問に答えるように、少年が口を開いた。

「そうですか。まあ、あんまり聞かないです。はじめまして、奥さま。僕は一嘉《いちか》。瀧山《たきやま》一嘉。暁斗さまの書生です。奥さまにつくよう命じられました」

「あ、あなたが暁斗さんのおっしゃっていた書生さん？」

「そうです。奥さまが不自由なく暮らせるように、万事手配をします。暁斗さまに伝えたいことがあるときは僕に言ってください。ちゃんと話をします。奥さまが退屈なときは話し相手にもなります」

幼い顔立ちとは反対に、大人びた口調で一嘉が言う。それがなんだか微笑ましくて、澪は、秋月家の門をくぐってから初めて表情を崩した。

「わかりました。瀧山さん、頼りにしますね」

「一嘉でいいです、奥さま」

「あら、じゃあわたしも澪でかまいません」

「どうして？　奥さまは暁斗さまの奥さまです」

「わたし、駄目な妻ですから。今だってきっと、暁斗さんを傷つけたわ……」

「なにがあったかはわかりませんが、そんなことないです、きっと。暁斗さまはいい人です。大抵のことは気にしません」

「そうかしら」

「……もしかして、奥さ、いや、澪さまは、暁斗さまの仮面の下を見たんですか？」

澪の向かいのソファにとすんと腰を下ろし、一嘉が澪に尋ねた。

きゅっと唇を噛んでから、澪がうなずく。一嘉の問いは正鵠《せいこく》を射ていた。

「ええ。見ました」

「どう思いましたか？」

「どうって……痛そうだなって、思いました」

澪の顔をじっと眺めていた一嘉が、口の端を持ち上げる。微笑は、すぐに顔中に広がった。

「澪さまは優しいです。僕の主人を醜いと言わないでくれて嬉しいです」

「だって、姿かたちになんの意味があるかしら。わたしは、祓の力がない『できそこない』です。そんなわたしを、暁斗さんは妻に迎えてくださいました。それに、理由があってお怪我をしたお方を気の毒に思いはしても、醜いなんて思いません」

一嘉の顔から微笑が消えた。

その代わりに、ガラス玉のように澄んだ瞳がまっすぐに澪を見つめる。

澪が、はっと、目をしばたたかせた。

「ごめんなさい。余計なことでしたね。申し訳ありません」

「ううん、澪さまはいい人なんだなって思っただけです。なので、気にしないでください。僕は、暁斗さまの敵にならない人はみんな好きです」

「敵になんて。妻ですもの」

形だけでも、と付け加えると、一嘉が困ったような表情を浮かべた。

「暁斗さま、そこまで正直に言ったんですね。真面目なお方だから……」

一嘉に言われ、あ、と澪は口元に手を当てた。

そうだ。華族の婚姻なんて計算ずくのものが多い。愛情のない結婚も当たり前だ。ならば、あそこまではっきりと、澪をお飾りだと宣言する必要もない。逆に、そんな発言は澪の反発を招く可能性がある。計算高い男ならば、本音を心のうちに隠して、澪を婚家という檻の中に閉じ込めていたはずだ。

「ごめんなさい、澪さま。暁斗さまの代わりに謝ります。暁斗さまは言葉を飾らない方です。だから、澪さまが不愉快になるようなことを言ったかもしれません。でも、澪さまが本気で嫌がることはしないと思います」

「大丈夫です。嫁いだ女はもうその家の女。わたしは暁斗さんに従います」

「ありがとうございます。あの、それと……暁斗さまのお顔は、あやかしと戦ったせいであぁなってしまったと聞いています。名誉の傷なんです。だから、できればあまり気にしないでいただけませんか……？」

「わかりました」

迷いなく即答した澪に、一嘉が軽く眉を上げた。まじりけなしの驚きがそこには含まれている。

「澪さま、やっぱりいい人ですね。まさか、そう言ってくださるとは思わなかったです。男爵令嬢だっていうから、もっと気取った感じの人が来ると思ってたけど、澪さまはそうじゃない」

一嘉が、向かい合ったテーブル越しに、澪へと身を乗り出す。

「だからね、お礼に少しだけ秋月家のことを教えます。他の家の人には内緒ですよ」

「？　どんなことかしら」

「澪さまの実家の相馬家は、あやかしを祓う力のある家ですよね」

「ええ」

「秋月家は、あやかしが湧く『門』を封じることができる家なんです」

「『門』」

「そう。秋月家はあやかしの根源を断つことができます。とは言っても、新しい『門』が次々にできるから、あやかしがこの世から消えることはないんですけど」

「聞いたことがないわ……」

小さく、澪がいぶかしげな声を上げる。

爪弾きにされていたとしても、澪は相馬家の長女だった。異能についての知識はある。その中に、そんな大それた力はなかった。

「知っている人は少ないです。貴重すぎる力で、帝に口止めされているから。僕もあやかしを祓うことはできるけど、『門』を消すことはできません。だから、暁斗さまは毎日忙しいんです」

どこか誇らしげに一嘉が言う。澪は「そうなのね」と首肯《しゅこう》した。

なんの謂れもない家が公爵家になることは難しい。父の言う通り、消えかけた力にすがる家が爵位を維持するのも。ならば、一嘉は真実を告げていると判断したのだ。むしろ、名ばかりの公爵家だと言われていた秋月家がどうしてその地位を築けたのか、納得がいった気さえしていた。

でも、そんな家に、なんの力もないわたしが嫁していいの？

澪の表情が曇る。

それには気づかずに、一嘉がにまっと笑った。

「これで澪さまも共犯者です。一緒にしっかり暁斗さまにお仕えしましょう！　ね！」

「は、はい」

「じゃあ、澪さまの部屋に案内します。お屋敷のみんなで用意をしたので、気に入ってくれると嬉しいです」

澪に向かい、屈託のない笑顔を浮かべながら一嘉が立ち上がる。

澪も、それに応じてソファから腰を上げた。そして、一嘉に問いかける。

「わざわざ、わたしのためにお部屋を？」

それは心からの疑問だった。

暁斗に歓迎されていないのなら――秋月家は、どうしてそんなことを？

けれど、一嘉は澪の疑問など気にかけないように明るく答える。

「そうです！　澪さまは暁斗さまの奥さまなんですから」

「奥さま……でも……」

二人が夫婦になることは暁斗に否定された。そんな自分のために、部屋など用意されるのだろうか。

相馬家での澪の部屋は、使われていない使用人の部屋だった。澪は心のどこかで、秋月家でも相馬家と似た暮らしをすることを覚悟していた。

「だって、みんな、澪さまを待っていたんです」

「わたしを……？」

暁斗さんは、わたしをあんな風に拒絶したのに？

澪はこぼれかけた言葉を飲み込む。快活な一嘉に言うべきではないと思ったし、口にするのはあまりにも悲しいと思ったからだ。

「澪さまは、大事なご主人が迎える奥さまです。失礼があっちゃいけませんからね」

「まあ」

照れくささに、澪の頬が赤く染まる。お世辞だとしても、一嘉の台詞が嬉しかった。

「お屋敷の者はみんな、暁斗さまを慕っています。澪さまはその方の奥さまです。大切にするのは当たり前です」

「慕っておられる……んですか？」

これも、聞いていた話とはずいぶん違う。暁斗は屋敷の人間には煙たがられているはずだ。

「はい。暁斗さまは無口ですが、公平で平民にも分け隔てない方です。大奥さまもそうです。秋月家は人を選ぶなんて言われることもありますが、誤解なんですよ。辞める人間がいないから、新しい人間を雇い入れることもないだけなんです。みんな、口が堅いから、お屋敷の中のことを漏らすこともないですし」

「そう、なるほど」

すとんと、澪の中で一嘉の言葉が腑に落ちた。

人の入れ替わりがない秋月家の在りようが、互いの足を引っ張ろうとする華族の間で悪く取られていたことも。

「あ、こちら、曲がってください」

「は、はい」

一嘉に先導され、澪は廊下を歩いていく。

廊下は幅広く、よく磨かれて光っていた。ちらりと見える襖の数々は金銀の色を散らした贅を凝らしたもので、欄間には細かい意匠の彫りが施されている。そして、どこにも塵一つない。相馬家で下働きをしてきた澪には、それがどれだけ困難なことかわかる。

――素敵な家だわ。お掃除するのが楽しそう。

澪は、ついついあちこちに目をやってしまう。

ここにも百合の花が生けてある……きっと、この家の大奥さまは百合がお好きなのね。

あら、子猫の置物。なんて愛らしい。お父さまたちは動物がお嫌いだったから、相馬家にはなかったものだわ。

そのまま二人はしばらく歩き、ある一つの部屋の前で一嘉が足を止める。

「澪さま、ここが澪さまの部屋です。さあ、どうぞ！」

襖を開けた先に広がるのは、ここまで見た和の光景とはまるでちがうものだった。澪が大きく目を見開く。抑えきれない声が、唇からこぼれ落ちた。

「わあ……！」

広い洋室の床は、節のほとんどない上等の板張りだ。そこに、猫足の大理石の丸テーブルと、それを囲むように上品な銀鼠《ぎんねず》色のソファセットが置かれている。ビロード地のソファの上には、澪が持参してきた行李がちょこんと置かれていた。壁沿いに並ぶのは、蓄音機やガラス細工が納められたキャビネットだ。丸テーブルと同じくアールヌーヴォー調の猫足の衝立には、大きなガラス窓からの光を部屋に通すため、絹の布がゆったりと張られている。

「衝立の奥にはベッドや簞笥、ほかに鏡台みたいな細々した物があります。サイドテーブルは僕が選んだんですよ」

「こんな、立派なお部屋……」

「若いお嬢さまは西洋風がお好きだろうと、日当たりのいいお部屋を洋室に改装したんです。どうですか。お気に召しましたか」

「わたしのために改装を？」

「そうです。みんなで知恵を出し合いました。足りないものがないといいです」

「そんな！　足りないものなんてありません。まあ、簞笥の中にはお着物が……」

「お洋服もあります。大奥さまが、澪さまに恥をかかせないように、と手配しました。ほかに欲しいものがあれば、なんでもお申し付けください」

うやうやしく礼をする一嘉に、澪は言葉を失っていた。

確かにこれならば、身一つで嫁いできても、不自由をすることはあるまい。だが、ここまでの待遇を受ける資格が自分にはあるのだろうか。「できそこない」の自分に。

「わたしに、こんなお部屋は……」

「お気に召しませんでしたか」

しゅん、と一嘉が肩を落とす。

その姿に、慌てて澪が言い募る。

「いいえ、違うんです。このお部屋はとても素敵です。だから、わたしなんかにはもったいなくて」

「もったいないです。澪さまは暁斗さまの奥さまです。いいお暮らしをするのは当たり前です。あの、もしかして、澪さまは世間の噂を聞いて心配していますか？」

「噂？　どんな」

「秋月家は貧しいという噂です」

む、と一嘉が眉をしかめる。

「失礼な話です。暁斗さまが贅沢な遊びをしないから……大奥さまも暁斗さまも社交界に出ないから……秋月家には、充分なお金がないと言って回る人がいます。でも、そんなのただの噂なんです。お金の話をするのは卑しいと大奥さまに止められていますが、暁斗さまのためにはっきりと言わせていただきます。秋月家は豊かな家です。澪さまに不自由なんてさせません」

一嘉が一息に言い切った。これだけは告げなければいけないと、思いつめた顔だった。

「いかがでしょうか。ご納得いただけたでしょうか」

見た目に似合わないませた口調の奥から、一嘉の年相応の姿が垣間見える。まっすぐで、少し意地っ張りな少年の姿だ。

「はい……」

その勢いに引きずられ、澪は思わずうなずいていた。

結局、澪も、両親や佳蓮から秋月家の内情を伝え聞いていただけなのだ。こうして、目の前に確たる証拠を出されれば納得せざるを得ない。

澪の返答を受けて、一嘉が嬉しそうに笑った。

「よかったです。今日はお疲れになったでしょう。ごゆっくりお休みください。お食事の時間になったらお迎えに上がります」

◇◇◇

それからしばらくの日々が過ぎ――。

とんとん、と襖を叩く音がする。

窓辺で外の景色を眺めていた澪が、ゆっくりと振り返った。

「どなた？　どうぞ、お入りくださ……え？」

穏やかな微笑みをたたえていた表情が、あっという間に驚きに変わる。

「暁斗さん？」

襖を開けて室内に入ってきた長身の男の姿に、澪が問いかけた。

「そうだ。失礼する」

澪に応じながら、暁斗が歩を進める。

「い、いえ、どうぞ、ご遠慮なく」

狼狽する澪にはかまわずに、暁斗はソファの背に手をかけた。

「座っても構わないか？」

「ええ、もちろん」

「きみも立っていないで座りなさい」

——立っていないで——。

澪の頭の中に、相馬邸での出来事がよみがえる。

身動きできず立っていた自分を嘲笑した、佳蓮の笑い声。

しかし、続く暁斗の声に、澪ははっと我に返った。

「妻を立たせておくのはよい夫ではないだろう。それくらいは私にもわかる。何度も言わせるな。座りなさい」

素っ気なく、傲慢と言ってもいいはずの言葉は、なぜか澪の胸に沁みた。

相馬家の人間は、上辺は親しげに話しかけながら澪を侮蔑していた。けれど、目の前の名ばかりのはずの夫は、愛想のない言い回しではあっても、自分に敵意はないとはっきり示してくれたのだ。

「ありがとうございます。では、お言葉に甘えて」

澪がソファに座るのを見届けて、暁斗もその向かい側に腰を下ろす。

「あの、今日はどのようなご用向きなのでしょう。もしかして、わたしはなにか粗相をしてしまったでしょうか」

「いや、そうではない。一嘉がきみを心配している。自分にはどうしようもないと私に相談に来た」

「一嘉さんが？」

どうしてかしら、と澪が首をかしげた。

嫁入りして数週間。心細い夜もあったが、弱音を漏らしたことはない。一嘉にも明るく接してきたつもりだった。

「なにを勧めてもきみは喜ばないと一嘉は言っている。きみの嫁入りに備えて、若い女性が退屈しないようにボールルームを増築した。生け花や琴を楽しめる部屋も作った。書物室にも女性向けの本を取りそろえた。だが、きみは自室に閉じこもったままだと」

まあ、と澪が口元に手を当てる。戸惑いに、黒い瞳がうろうろと動いた。

「相馬家よりひどい暮らしをさせられているという抗議なら、遠回しをせずにはっきりと言いたまえ。私は腹芸のようなことは苦手だし、好きではない」

仮面越しでも、暁斗が苛立っているのが澪にもわかる。

澪は人差し指で自らの唇に爪を立て、目線をうつむかせた。

それから、なんとかまっすぐに顔を上げる。

「違います。違うんです」

「……違う？」

「どうか、軽蔑なさらないでくださいまし。わたしは——漢字が読めないんです」

「なんだと？」

「女学校にも行っておりませんし、家事で忙しくて習う暇もなかったものですから。ダンスも、お花もお琴も、わたしは、暁斗さんが思う令嬢らしいことはなにひとつできません……。申し訳ありません、わたしは本当に」

『できそこないです』

そう言おうとした言葉は、澪の喉で止まった。

仮面の奥の暁斗の目が光った気がしたからだ。

「それは、本当か」

「はい。公爵夫人として恥ずべきだと暁斗さんがお思いなら、率直に言ってくださって結構です。こんなことを隠していたなんて……離縁されても仕方がありませんもの」

そうよ。もし、華族の娘らしくないという理由で離縁されるのなら、わたしは足掻《あが》かないわ。最後くらいは男爵令嬢にふさわしく、潔く消えましょう。

澪が決然と暁斗を見た。

弱弱しかった瞳にも、強い意志が灯る。

「離縁？」

「ええ。相馬家との軋轢《あつれき》がご面倒ならば、ご心配なさらずに。わたしは実家に泣きつくことなどいたしません」

「そんなことは考えていない」

「ああ、そうでしたね。わたしは相馬に捨てられた娘だからちょうどいいと暁斗さんはおっしゃっていましたもの。確かに、父も母もわたしを助けることはありません。安心したわ。わたしは暁斗さんにご迷惑をかけずにすみます」

背筋を伸ばして微笑む澪を、暁斗はどこか戸惑ったように見ていた。仮面に隠されていても、不思議と心の動きは伝わるものだ。それとともに、静かな声が紡ぎ出される。

「だから、考えていないと言っているだろう――離縁など」

「え、では」

「そうか……きみは、これまでそうやって生きてきたのか」

低い、沈みこむような感情の込められた声だった。

澪は、その感情の理由がわからずに聞き返す。

「お気に障ったのでしょうか？　世間のことを知らない、できそこないで申し訳ありません」

「謝るな、卑下するな」

今度は舌打ちまで付け加えられて、澪は体を震わせる。

今は、男爵家の娘だという矜持だけが澪を支えていた。思いもよらない事態に怯え、丸まりそうな背を必死で伸ばし続ける。みっともなくうろたえて相馬の家名に泥を塗らないように……澪を満たしていたのは、自身を捨てた家への悲しい忠誠だった。

暁斗が、そんな澪をじっと見つめる。

そして、一度ため息をついた。

次はどんなことが待っているのだろう？　そう身構える澪に暁斗が語り掛ける。それは、予想していたのとはずいぶん違った言葉だった。

「きみには教師をつけよう。読み書きから舞踊まで、一通りの教師だ。忙しくなるが泣き言は言うなよ」

「暁斗さん、それは」

言いながら、澪がせわしなく何度もぱちぱちとまばたきをする。

「勘違いするな。きみのためではない。私のためだ。秋月公爵家の妻が無知な娘では困るからな」

「あ、ありがとうございます！」

冷ややかに言い放つ暁斗に、澪が何度も頭を下げる。

「礼はいらない。きみの返答も聞かずに決めた、これは私の自己満足だ」

「それでも、それでもです。嬉しいです、本当に。わたしを見捨てないでくださって。わたしに未来を与えようとしてくださって」

「……そんな、大層なものであるものか」

「いいえ、これだけは言わせてくださいまし。わたしはなにも持っておりません。でも、それを哀れまないでくださったのは暁斗さんだけです」

そうだ。志乃でさえ、気の毒な娘として澪を見ていた。その感情が悪いものだとは言わない。ただ、哀れみを含んだ関係は到底対等にはなりえない。それだけだ。

「きみの言うことはよくわからないな。なぜ妻を哀れまねばならない？　それに、持っていないことが恥だと思うのならば、得る努力をすればいい。違うか？」

仮面の下から響く、歯切れのいい暁斗の声は澪の胸を震わせた。

得る努力――。

それならばきっと自分にもできる、と澪は思う。

相馬家でたった一人、蔑まれて生きてきたことに比べれば、学びの場を設けてもらえるのはむしろ褒美《ほうび》のようなものだ。

表情のわからない暁斗の顔を、澪はじっと見つめる。

礼を言いたいが、今はなにを言っても安っぽくなってしまうように思えた。

ならば、ただ、この喜びが伝わるように、と。

「ほかに、私に言いたいことは」

暁斗に促され、澪が肩を揺らす。

「と、特にございません」

「そうか。これからはこんな回りくどいことをするなよ」

「は、はい！」

「一嘉に言いにくいことがあれば、私あてに手紙を書け。それならば、時間のあるときに読める。今は文字に不自由しているきみだが、これからしっかり習うつもりだろう？」

「その通りです。わたし、精一杯務めます！」

澪が胸の前で手を握り合わせ、強くうなずく。

ふっと、暁斗のまとっていた空気がやわらいだ。仮面の下にあって見えないはずの顔が、ほんのわずか、笑った気がした。

澪の唇がなにかを言いかけて止まる。こんなときにどう言葉を発すればいいかわからなかったのだ。

「そうか。では、話は終わりだ」

暁斗がソファから立ち上がる。

それに合わせて、澪も慌ててその場に立つ。

「お見送りいたします」

「いい。きみと私は本物の夫婦ではない」

「でも……」

「よけいなことに気を回すな」

そう言いながら、暁斗が澪の部屋を出ていく。

そして、ふと澪の方を振り返った。低い声が、澪に告げる。

「よく学べよ、澪嬢」

不意打ちの言葉に、澪が胸元を押さえた。

鼓動が速くなり、心臓がそのまま飛び出してしまいそうだった。

澪はその場に立ち尽くす。

期待され、励まされ——こんなことは初めてだった。

わたしは、ここにいてもいいの？

うるさくなるばかりの心臓の音の中、澪は自身に問いかける。

いいの。令嬢らしいことのできないできそこないでも、出て行けとは言われなかったわ。

目が熱い。感傷なんてとっくに擦り切れたと思っていたのに、どこにこんなに涙が隠れていたんだろう。

——わたしは。

ならば、わたしは、あの人の役に立ちたい。

形だけの妻だとしても、夫婦でお客さまを迎えることもあるでしょう。誰かのお招きにあずかることもあるかもしれない。そんなときに、暁斗さんに恥をかかせないように振る舞いたい。どんなことでも一通りこなし、暁斗さんを困らせることのない妻になりたい。

そうよ、わたしはいい妻になりたいの。いいえ、なってみせる。暁斗さんがわたしを妻でいさせてくれる間は、それに恥じない娘になる。勉強も、家のこともおろそかにしないわ。わたし、決めたのよ。

にじんだ涙をぐいと手のひらで拭き、澪がすっと顔を上げた。

先ほどと同じ凜々しい色。違うのは、そこに諦めではなく希望が浮かんでいることだ。

「暁斗さん、わたし、頑張ります」

もうそこにはいない人へ語りかけながら、澪はぎゅっと両のこぶしを握り締めていた。

第二章　花嫁への贈り物

暁斗の宣言は滞りなく実行された。

学問の教師から各種教養の教師まで、一流の人間ばかりが澪のもとへと派遣されたのだ。

もともと愚かではなかった澪は、こぼれた水を欲する砂地のように知識を吸収していく。教師たちの授業についていこうと、出された課題を懸命にこなしていく姿勢も学びの進歩に拍車をかけた。

そして、それ以外にも――。


「若奥さま！　そのようなことはなさらなくても！」

後を追いかけてくる使用人頭――嫁入りの日に玄関で出会った女――をかいくぐり、澪は長い廊下の拭き上げを終えた。

「あら、ヨネさん。でも、ここでおしまいですから。ほら、きれいよ」

ぴかぴかになった廊下を指し示す澪に、ヨネはぷんぷんしつつ腕組みをして答える。

「そういう問題じゃありませんよ。若奥さまは勉強でお忙しいんでしょう」

「先生から出された宿題はきちんと仕上げたし、今日の分の予習もしました。勉強はおろそかにしていないから安心してくださいな」

「違います。若奥さまのお体を心配してるんです。勉強をして家事をして、ご自分の時間なんかちっともお持ちじゃないですか。こんなんじゃ疲れ果ててしまいます。若奥さまはもっと悠々と構えていてくだされればいいんです。ほら、一嘉も」

ヨネと一緒に澪を追いかけていた一嘉も、ぷくんと頬を膨らませた。

「そうですよ、澪さま。澪さまが体を壊されたら、暁斗さまになんて言ったらいいか」

「一嘉、もっと言っとくれ」

「澪さまは暁斗さまの奥さまなんです。なんでも僕たちに命令すればいいんですよ。普通の公爵家の奥さまはそういったものだと聞いています」

「いいの、一嘉さん。わたしは相馬家でもこんな風に働いていましたもの。勉強より慣れているくらい」

「でも、澪さま」

「わたしは体を動かすのが好きなんです。それに――」

言葉を切った澪のそのあとを一嘉とヨネは待ったが、澪はただはにかんで笑うだけだった。そのかわり、快活な調子で澪は違う話題を口にする。

「あ、暁斗さんのお部屋におにぎりを届けようと思ったんだったわ。一嘉さん、暁斗さんは今日は早く帰るんでしょう？」

「え、はい。もうすぐ帰宅されると思います」

「よかった。それを聞いて、先ほどおにぎりを作っておいたんです。暁斗さんはいつも忙しそうだから、せめておなかいっぱいになってほしくて。それに、暁斗さんにわたしが作ったお料理を食べていただけたら、こんなに嬉しいことはないわ」

軽い足取りで澪が台所に向かう。その後ろを、一嘉とヨネが団子になって追いかける。

「若奥さま、まだ話は終わってません」

「そうです、澪さま」

だが、澪は明るい顔をして歩くのをやめない。

一団はそのまま台所にたどり着く。澪はヨネたちの制止をいなしながら、おにぎりを盛りつけた皿に固く絞った濡れ布巾をかぶせ、また廊下へと出る。暁斗の部屋へと行きたいのだ。

「若奥さまの指にひびでも切らしたら大変です。飯炊きなんておやめください。お勝手はそれでなくても夏は暑いし、冬は寒いし……」

「暁斗さまになにか差し上げたいなら、僕が買ってきます。だから澪さま」

「ごめんなさい。わたしが自分の手でしたいんです。どうか、わかって」

「ヨネにはわかりませんよ！　ほら、一嘉も」

「僕もわかりません。食べ物なら、帝都一の寿司屋の押し寿司はどうですか？　おいしいと評判ですよ」

「……それじゃ、違うんです……」

小さなつぶやきとともに、澪の眉根が困ったように寄せられる。

そのときだ。

よく通る低い声が、廊下に響いた。

「なにをしている？」

「暁斗さん」

途端に、澪の顔が笑みに満ちた。

「おかえりなさいまし」

「ただいま。それで、こんなところで皿を持ってなにをしている」

「暁斗さま、澪さまは僕たちの話を聞いてくれないんです」

「一嘉、あとは任せたよ。旦那さま、ヨネは下がらせていただきます。お目汚しを失礼しました」

ヨネが「あー忙しい」と前掛けを手で揉みながら去っていく。

廊下には、澪と暁斗、それに一嘉が残された。

「澪嬢、一嘉たちといさかいでも？」

「喧嘩じゃないですけど、澪さまがいくら言っても下働きをするのをやめてくれないから。今日も、暁斗さまにお渡しするんだと、お勝手でお米を炊いておにぎりを握ってらしたんです」

「ああ、一嘉、澪嬢が家事をしたがるのは以前にもおまえから聞いた。だが、なぜだ？もし、使用人たちの家事が行き届かないと思うのならば、そうはっきり言いたまえ」

「そのようなことはございません。秋月のお家はどこもとてもきれいですし、お食事も上等のものを出していただいております。秋月家に嫁げて光栄です」

穏やかに答える澪に、暁斗は不快そうに首を振る。

「では、ほかに理由があるのか。一般に、令嬢は家事を好まないと聞いている。その指先を守るのが夫の務めだともな。それでもきみはあくまで下働きがしたいと言うのか」

「はい」

今度は、ためらいがちに澪がうなずいた。

「暁斗さんがそう考えてくださるのは嬉しいです。もったいないことだとも思います」

「ならば、一嘉たちの進言を受け入れたらどうだ」

「それは、そうなんですが、でも」

言いかけて、澪が少しの間うつむいた。

「でも？　続けなさい」

暁斗が先を促す。

一嘉は、そんな二人の様子を声も出さずに見守っている。

「……これが、わたしにできる精一杯のことですから。わたしは、ご存じのように馬鹿な娘です。でも、家のことなら、相馬家でもやってきたので人並みにできます」

「自分を卑下するなと言ったはずだ」

「卑下ではありません。人並みに、というのは、口幅《くちはば》ったいですが自負です。こんなわたしでも、家のことならば、少しは暁斗さんの役に立てるはずなんです」

「別に、役に立てようと思ってきみを娶ったわけではない。きみはただ、家の奥に座っていればいい」

「それでは、この気持ちの行き場がなくなってしまいます……」

消えそうな語尾で言う澪に、暁斗が聞き返した。

「気持ち？」

「はい。暁斗さんは、なにも持っていないわたしに、たくさんのものを与えてくださいました。立派なお部屋も、きれいな着物も、学問まで」

澪が、暁斗の顔を見上げた。

そして、花開くような笑顔で微笑む。

「わたし、暁斗さんに恩返しがしたいんです。わたしができることはなんでも……そのためなら、指先なんて折れてもかまいませんわ」

澪の漆黒の双眸が、ひととき、まばゆいほど輝いた。

思わず暁斗は言葉をなくす。澪の輝きは、彼の世界から消えて久しい光でもあった。

無意識のうちに暁斗は仮面に手をやる。硬いその手触りが、今日はいつもより厭わしい。暁斗の胸の内に沈めていたはずのものが、ゆらりと動き出す。その動きは緩やかなのに、止めることができない。そして、それはいつしか形になる。形に、なってしまう。

自分でも気づかぬうちに、暁斗の口は軋《きし》むような言葉を発していた。

「──なにもないのは私だ。顔を失い、片目さえ失ってしまった」

声にした後で、暁斗はひどく後悔をした。

この娘にそれを言ったところでどうする。どうせ、形だけの妻だ。殊勝なのも今だけだろう。教育を身につけ、贅沢に慣れればすぐに感謝など忘れる。顔のない夫に尽くそうという気などなくなるはずだ。

なのになぜ、私は彼女に――。

沈鬱な雰囲気の暁斗とは正反対に、澪がぱっと顔を仰むける。

そして、ほがらかな声を上げた。

「なら、わたしはあなたの目になりたいです」

「なん……だと？」

信じがたい台詞に、思わず暁斗が聞き返す。

暁斗には澪の言うことが、にわかには信じられなかった。どうせ、少女らしい気の迷いだろう、そうとも考えた。

けれど澪は、明るく笑い、ためらいなくその先を口にする。

「暁斗さんは、わたしの足りない部分を補ってくださっています。だから、わたしも」

澪の頬が薔薇色に上気した。

澄んだ喜びが澪を支配する。

――そうよ。この人は、わたしにすべてを与えてくださった人。この人の助けになれるのなら、ほかになんにもいらないわ。歩くときは杖になり、暗い夜は灯りになれれば……この人と同じものを見ることができれば……。

こんなに嬉しいことはないのよ。

「きみは、自分の言っていることの意味がわかっているのか」

「はい！　もちろん、暁斗さんにご迷惑はかけません。形だけの妻としての分もわきまえております。ただ、わたしが勝手にそう思うだけです」

暁斗が黙り込む。

仮面の下の表情は窺えず、彼がなにを沈黙の中に押し込めているかは計り知れない。

けれど澪は、もうそれだけで充分だった。

「あ、暁斗さん、これ、おにぎりです。いつもお忙しそうにしているから、せめて空腹にお困りにならないように」

両手に捧げ持ったままだった皿を暁斗の方にやり、澪が照れくさそうに言う。

「あ、ああ」

澪の勢いに押され、思わず暁斗はおにぎりの載った皿を手に取っていた。

それを見て澪が、ふふ、と笑った。

「よかった。暁斗さんにお渡しできました。――あの、暁斗さん、わたしはお勉強もきちんとします。だから、家のことをするのも許していただけませんか？」

これまでの勢いとは反対に、おずおずと問われ、暁斗はため息とともにうなずいた。

「……勝手にしたまえ」

「！　ありがとうございます！」

澪の目が三日月に弧を描く。こらえきれない歓喜がそこからは溢れていた。

ぞく、と感じたことのない感覚が暁斗の背を走る。

まるで戦場で勝ったときのようなそれは、暁斗の知らないものだ。

夫の許可を得て今にもその場で飛び上がりそうな澪と、「下働きなんて」と澪をいさめる一嘉を見ながら、暁斗は自らの中に沸き上がるものに戸惑っていた。

◇◇◇

「澪さま、こんにちは。僕にご用だとか」

「あ、一嘉さん。お仕事は大丈夫ですか？」

暁斗との問答から数日後。着物に前掛けをした澪が一嘉に問う。

一嘉は、にんまりと得意そうに笑って答えた。

「はい。たいていのあやかしは暁斗さまだけで片付いちゃいますからね。僕はあくまでも書生です。澪さまのお世話係を命じられたのも時間に自由がきくからですし。空いている時間で、澪さまみたいに勉強もしてるんですよ」

「あら、おそろいね。さ、どうぞ、おかけになって」

台所の隣の、使用人たちが一息つく部屋で澪は一嘉に座布団を勧める。はじめは自室に呼ぼうと思ったが、形だけでも人妻の身で部屋に夫以外の男性を入れるのはどうか、と考えたのだ。

一嘉が素直に座布団に腰を下ろす。

澪が、一嘉の前に湯気の立つ茶碗と皿を置いた。

「まずはお茶とお菓子をどうぞ」

「わあ、お団子ですね。澪さまが作ったんですか？」

「ええ。ヨネさんがようやくお鍋を使うのを許してくれて。餡を炊いたんです。お団子も熱いお湯で練ったからいい歯触りになっているはずだけど、どうかしら」

「……おいしいです！」

むぐむぐと口を動かしていた一嘉の顔に、ぱあっと笑みが広がる。

「よかった。甘いものとしょっぱいもの、暁斗さんはどちらがお好きかわからないから、みたらしも作ったの。あとで届けてくださるかしら。もちろん一嘉さんの分もあるわ」

「かしこまりました。……そう言われれば、僕も暁斗さまの好物は知りませんね……」

「一嘉さんも？　ヨネさんも知らないそうなの」

「聞いておきますか？」

「お願いします。できれば、お好きなものをお渡ししたいんです」

「もちろんです。それに、僕も気になりますからね」

にしし、と一嘉が笑う。

つられて、澪も白い歯を見せた。

「あ、そうだ、玄関の花を澪さまが生けたって本当ですか」

茶碗の中の香り高い宇治茶を一口すすったあと、一嘉が澪に尋ねる。

澪が、一瞬目を伏せてから、照れくさそうに顔を上げた。

「ええ。先生に教わって、ようやく人前に出す了解をいただけたの。どうかしら」

「僕に生け花のことはわかりませんが、とてもきれいだと思いました」

「よかった。暁斗さんもそう思ってくださるといいんですけど」

「きっと思ってくださいますよ。澪さまの勉強熱心なことも暁斗さまは存じ上げられていて、僕にも見習うようにとお言葉を下賜されました」

「まあ……！」

澪の頬がふわふわと赤くなっていく。

その熱さを確かめるように、細い指先が頬に触れた。相馬家にいたときは荒れて血がにじんでいたそれは、今ではしっとりとつやを含み、公爵夫人という地位にふさわしい色になっていた。

「暁斗さんが、わたしのことを？」

「はい」

ためらいがちの声に、一嘉が歯切れよく答える。

「そう……」

澪は、それ以上の言葉を持たなかった。

喜びとも嬉しさともつかない感情が、胸の内をぐるぐると攪拌《かくはん》する。

自分をこんなに気にかけてくれた人は初めてで、どうしていいかわからなかったのだ。

「あの、澪さま。僕からもお聞きしていいですか」

一嘉の言葉に、澪がはっと我に返る。

いけない、いけない、と頭を振りながら、澪は一嘉にうなずきかける。「どうぞ」と一言添えながら。

「ずっと聞いてみたかったんです。答えるのがお嫌だったら席を立たれてかまいません。

書生の分に過ぎる質問かもと、まだ僕も少し迷ってるんです」

めずらしく、ためらいを宿した目をした一嘉に「なにかしら？」と澪が首をかしげる。

「大丈夫よ。一嘉さんはわたしを親身になってお世話してくださる方です。嫌なんてありません」

「なら、すみません、遠慮なく。あの……澪さまが、暁斗さまのお部屋の前で言ったこと、その……本心ですか」

「暁斗さんのお部屋の前？」

「『あなたの目になりたい』」

「えっ」

そうだ、あのときは一嘉もいた。

暁斗との会話に夢中で、半ば忘れていたが――。

澪が小さく口を開けた。

それをどうとらえたのか、一嘉が自分の顔の前でぱたぱたと手を振る。

「出過ぎたことでした！　ごめんなさい！」

ぺこんと頭を下げて、席まで立ちそうな一嘉を慌てて澪は引き止める。

「いいの、いいのよ、一嘉さん。ちょっと驚いただけですから。座ってください」

それから、両の手を行儀よく膝の上に置き、澪が背筋を伸ばした。そして、ゆっくりと口にする。神聖な予言を吐き出すように。

「本心です。心からそう思っています。あの日だけではなくて、今も、きっと、これからもずっと」

「だけど、澪さまは形だけの妻だと暁斗さまに言われてるんですよね？　それでも、暁斗さまのことをそんな風に思ってくださるんですか？」

一嘉が無邪気な爪を澪に立てる。それは思わずまろびでてしまったのだろう。けれど、澪は動じなかった。

「ええ。この結婚が契約なのはわかっています。わたしは妻の名をお貸しするだけ……でも、それでも、暁斗さんが与えてくれたものの輝きは変わりません。わたしはなにも持っていない娘です。異能もありませんし、公爵夫人らしい教養も備えておりませんでした。そんなわたしに、暁斗さんは手を差し伸べてくださったんです」

澪の黒い虹彩に確固たる力が灯る。

「お飾りの妻なら放っておいてもいいはずでしょう？　なのに暁斗さんは、わたしに素晴らしい環境をくださいました。『よく学べよ』とお声もかけてくださいました。いくら与えていただいても、なんにもお返しのできないわたしに。こんな、できそこないのわたしに。だから、せめて忠実にお仕えすることで恩返しをしたいんです。これはただの言葉遊びではありません。もし、わたしの目をお譲りすれば暁斗さんの目が元通りになるなら、喜んでお譲りします」

凛とした澪の言葉には、一切の迷いがなかった。

一嘉が何度もまばたきをする。

華奢なはずの澪の姿が、ひどく大きく見えたのだ。

「どうかしら。ご納得いただければいいんですけれど……」

澪が目元を細めてはにかむ。

それでもまだ、一嘉は澪に気圧されたままだった。

主人の命令で世話をしてきた令嬢。少しは気安くなったつもりだった。気性も呑み込めたと思っていた。けれど澪は、それだけではなかった。彼女は、人をたじろがせるほどの強さを奥底に秘めていた。

「一嘉さん……？」

黙ってしまった一嘉に、澪が心配そうに声をかける。

「あ、す、すみません、澪さま！　澪さまって本当にすごい方なんだなって。僕も暁斗さまのことを敬愛申し上げていますが、そんなこと思いつきもしませんでした」

「すごくなんかないです。ただ、あのときは思い切って自分に正直になってみたんです。わたしは、いつ契約が終わって妻でなくなるかわからないでしょう？　ならば、きちんと伝えなくちゃって」

ほーっと一嘉が息をつく。そして、ぬるくなりかけた茶を手に取り、ごくりと飲み込んだ。

「澪さま、申し訳ありません……」

「え、どうして一嘉さんが謝るの？　あなたは謝るようなことはしていないわ」

「いえ、しました。……あの、僕、みなしごなんです。そのころのことはまだ幼くて覚えていませんが、一人になった僕を拾ってくれたのが暁斗さまです。それで、お屋敷のみんなで僕を育ててくれて、今ではもったいなくも秋月家の書生として過ごしています。だから、僕にとって暁斗さまより大切な方はいません」

衝撃的な告白に、澪はただ黙って身を任せていた。

相馬家で虐げられていた澪は、人が背負う重荷はそれぞれの形があるのを理解していた。一嘉のそれも、とても重いけれど、だからこそ口を挟むべきではないと。

「澪さまは、そんな暁斗さまの奥さまだから大切にしなければいけない人でした。お仕えしているのも、暁斗さまに命じられていたからでした。澪さま自身にお仕えしなければ、と考えたことは正直ありませんでした。失礼ながら、それを不敬だとも感じていませんでした。でも――」

一嘉の丸い茶色の目が、澪をじっと見つめる。

「今はこう思います。澪さまもまた、僕の主人。秋月家の若奥さまなのだと」

「え、どうなさったの、一嘉さん」

「澪さま、改めてお願いします。あなたに仕えさせてください」

「ええ？　突然、そんな。どうしたらいいのかしら。この家の主は暁斗さんでしょう？」

「いいです、と言ってくださいませんか。言ってくださるまで僕は諦めません」

「まあ、そんな……」

ひどいわ、とか口の中でもごもご言いながら、澪が困ったように唇に指をあてた。

「わかったわ。それが一嘉さんのお望みなら。不肖の娘ですが、よろしくお願いいたします」

「ありがとうございます！　澪さま！」

一嘉が、年相応の幼い顔つきに戻って思い切り笑った。

「もう……わたしにはよくわからないわ……」

「今おわかりでなくても、いつかおわかりになります」

芝居がかった動作で、一嘉が胸の前で右手を折る。

そして、ニッと歯を見せた。

「ところで澪さま、僕を呼ばれたご用事はなんですか？」

「あ、あら、そうだわ。話し込んでいて忘れてしまうところでした。このお団子と一緒にお手紙を暁斗さんに届けてほしいんです」

「お手紙を？」

「そう。暁斗さんはいつもお忙しいし、わたしのために時間を取っていただくのも申し訳ないから。お礼の手紙です。習ったばかりの漢字で書いたの」

わあ、と一嘉が歓声を上げる。

「それは暁斗さまもお喜びになります！」

「だといいんですけれど」

ぴんと封を糊付けされた西洋風の封筒を一嘉に渡し、澪がはにかんだ。

「絶対です！　間違いありません！　努力する人間は好ましいと、暁斗さまは以前に言っておられました。では、こちらは、間違いなく暁斗さまにお届けします」

「よろしくお願いいたします」

ぺこり、と澪が頭を下げる。

「承知しました。……あの、お団子、もう一本食べてもいいですか？」

「まあ、一嘉さんたら。ええ、どうぞ。たくさん作ったから召し上がって」

「やった！」

そう言いながら、一嘉が口いっぱいに団子を頬張る。それを、澪はとても優しい眼差しで見守っていた。


こうして渡した手紙の返事はついぞ来ることなく。

けれど澪は、受け取ってもらえたという事実だけで充分だった。

生真面目な一嘉は、いつ渡したのか、日付以外にだいたいの時間まで澪に伝えたのだ。

それからどのくらい経ったろう。

夜半、中途半端な時間に目が覚めてしまった澪は、枕もとの時計を確認してため息をつく。

——なんだか、寝付けないわ。

困った澪は、寝間着の上にガウンを羽織り、庭へと向かう。少し散歩でもすればきっと穏やかに眠れる。そう考えたのだ。

銀色の月光に照らされた庭園は、昼間とはまったく違う顔を見せていた。植えられた木々はうっすらと光りながら地面に影を落とし、池の水面には欠け始めた月が真珠のようにその姿を映している。

玉砂利を踏む自分の足音がひどく大きく聞こえる、しんとした光景は澪の心を優しく撫でる。手入れの行き届いた庭園は、秋月家の中でも特に好きな場所だ。

「そういえば、一嘉さんに好きな花を聞かれたわね……来年、植えるから、と」

でも、わたしは、来年もここにいられるのかしら？

池の前にたたずんだ澪が、寂しげに微笑んだ。そして、水面へと顔を近づけるようにかがみこむ。月が、大きくなった。なぜだかそれが見たくなくて、澪は目をつぶる。

「いらない、と言われたらわたしはおしまい。おしまいなのよ……」

「なにがおしまいだ、澪嬢」

「えっ⁉」

背後から低く響く声をかけられ、澪が慌てて目を開けて立ち上がる。

「私が近づいても気が付かないくらい熱中していたようだが、こんな時間にここでなにを？」

「暁斗さん」

すらりと上背のある体に横に並ばれ、澪はその人の名を呼んだ。

「申し訳ありません。寝付けなくて、考え事を」

「そうか」

暁斗はそれ以上問うでもなく、澪と同じく水面に目をやる。

「暁斗さんは？」

「私は眠気覚ましに歩きに来た。今日中に片付けなければならない書状がまだある」

「まあ、こんな遅くまで……」

「私にしかできないことだ。仕方あるまい」

部屋着に着替えた暁斗の声にはいつもより疲労の色がにじんでいる気がして、澪はなんと言おうか迷う。だが、暁斗はその沈黙を断ち切るように、次の言葉を口にした。

「家が恋しくはないのか」

思いがけない言葉だった。

まさかこの場でいたわられるとは、澪は想像もつかなかった。

「少し。でも、それより、自分のお部屋があって、自分の時間があることが嬉しいです。秋月のお家《いえ》では、わたしは異能のない娘ではなく、普通の娘として過ごせますし……。

誰かと話したいときは、一嘉さんやヨネさんにお付き合いしていただいています」

あ、もちろん、お二人のお時間があるときにです。と澪が付け加える。

いたずらがばれた子どものような顔だ。

「きみに付き合うのも一嘉たちの仕事だ。遠慮しなくていい」

「そうはいっても、皆さまのお邪魔をするのは気が引けますわ」

「気にするな。……きみは、自分の部屋も持っていなかったのか」

「恥ずかしながら……あ、でも、相馬家が貧弱なわけではありません。わたしのお部屋がなかっただけです。応接間や食堂は、それはそれは広いんですのよ」

自分を半ば追い出した形で嫁に出した家について、それでも澪は夢見る瞳で語る。

「団欒《だんらん》の間には暖炉があって、わたしは火に当たることは許されませんでしたけど、薪をよくくべていました。わたし、火を起こすのは上手なんです」

痛ましい体験を明るく語る澪を、暁斗は黙って見下ろしていた。

澪がどんな生活をしてきたかは、嫁入りの日に指先を一瞥《いちべつ》しただけでわかった。

わからないのは、なぜ澪が彼らを恨んでいないかだ。

「澪嬢」

「はい。なんでしょう」

「きみは――いや、いい」

尋ねて、澪から答えを得てどうしようというのか。

暁斗は自身の中に浮かんだ疑問に意味を見出せず、首を振る。

「それより、きみの手紙を読んだ」

「まあ、読んでくださいましたの？」

澪の語尾が跳ねる。

「いかがでしたか、お見苦しくありませんでしたか」

「勉学を始めたばかりの子どもだと思えばなかなかだ」

暁斗の言葉はいつものように冷ややかだ。けれど、澪は夜に似合わない軽やかな笑顔で微笑んだ。

「ありがとうございます。きっと大人になってみせます」

暁斗がかちりと歯をかみ合わせる音を立てる。

なんだろう？　と見上げる澪に、暁斗は軽く首を振った。

「きみは、鬱陶しいとは思わないのか。嫁入り先で勉学を強要され――」

「いいえ！　学べば学ぶほど嬉しくなります。暁斗さんのおっしゃる通り、わたしは子どもです。でも、大人になる機会を与えていただきました。お手紙に書いたように、心から感謝しております」

「感謝、か」

仮面の下の暁斗の眼差しが、ふと揺らいだ気がした。

澪は、自分の正直な気持ちを知らせる機会は今しかない、と決意する。

――そうよ。暁斗さんは言葉は冷たいけれど、優しい人。少なくとも、わたしにとってはそう。飾り気がないだけで、口にされることはいつも、わたしのためになることばかりですもの。嘘ばかりの美辞麗句より、それがどんなに嬉しいことか。

それとも、優しいから、嘘をつけないから、こんな物言いをなさるのかしら？

「はい。あのお手紙を書いたとき、わたしの心は……その、なんとも言えない気持ちでいっぱいでした。筆を使える、字が書ける。こんなに恵まれていいのかと……なにもかも、暁斗さんのおかげです。だから、覚えた漢字を一番に使いたいのは、暁斗さんしかおられませんでした」

「その割に、きみはわたしの贈り物は喜ばないようだが」

あ、と澪が口元に手を当てた。

「一嘉から聞いている。公爵夫人にふさわしい、と出入りの商人に勧められたものをきみに与えたはずだが、きみは受け取れない、と拒んだそうだな」

「あの、ええと、最後にはお受け取りしましたし」

「宝石の格が低かったか？　きみには、ときに会話をせずにことを片付けようとする悪癖がある。不満は飲み込むな。そういったやり方は潔くない」

「いえ、その、違います」

そこまで言って、ちらりと澪は暁斗に目をやる。

そして、目を伏せた。

「わたしは、いついなくなるかわかりませんから……」

「なんと？」

険のある声で暁斗に聞き返され、澪はふるふると首を振る。

「もちろん、勝手に秋月家を出ることはいたしません！　でも、わたしは嫁いできたときと同じように、急に暁斗さんから『いらない』と言われるかもわからないでしょう？　身一つで出ていくのなら、荷物は軽い方がいいです」

「……なにを馬鹿な……」

「だって、わかっていますもの。暁斗さんの贈り物は『秋月家の妻』に与えられたもの。そうでなくなったらお返しするしかありませんわ」

澪にそう言われ、暁斗は大きくため息をつく。

「きみは、私がそんな吝嗇《りんしょく》な男だと思っているのか」

見開かれた澪の目が、月光に照らされ濡れたように光る。

その輝きを、暁斗はただ見つめていた。

澪に見損なわれていたのがただ悔しいのだろうか？　いや、それだけではない、ぼんやりとした影が胸の内にさすのを暁斗は感じる。

不定形なそれは、いつもひたすらに前進する自分には似合わないのに、月にかかる雲のようにどうにも追い払うことができない。もどかしく、厭わしい。澪の前に立つときは、秋月家の当主としてしっかりと振る舞わなければいけないというのに。

暁斗の沈黙をどうとったのか、澪が「申し訳ありません……」と小さく頭を下げた。

思わず暁斗が舌打ちし、澪がびくりと肩を震わせる。

「いい。謝らずとも。贈り物は『きみ』に与えたものだ。出ていくときは持っていきなさい」

「そんな」

「好まぬ相手から贈られたものでもかまわないだろう。金品に私の顔が書いてあるわけでもあるまい」

「好まぬなんて……でも、暁斗さんがそう仰せなら……」

「ああ、仰せだとも。いや、命令だ。私が差し出したものは残らず受け取れ」

わけもなく苛々とした思考のそのままに、暁斗が荒い言葉を口にする。

澪が、こくりとうなずいた。

「かしこまりました。今後はそういたします」

「それでいい」

従順に応じる澪を見下ろして、暁斗の持つ影が少し潜まる。いや、目を背けて心の隅に追いやったという方が正しいかもしれない。

それから、暁斗は澪に言っておいた方がいいことを思い出す。

「そうだ、明後日は教師の都合で講義が休みだったな？　時間を空けておきなさい。きみを母に紹介する」

「お母さま？　ヨネさんや一嘉さんがたまにお話ししている、大奥さまのことでしょうか？」

「そうだ。私の父はとっくに死んでいるが、母はまだ生きている。体を悪くして、奥の離れから出られないような有様だがな。きみは醜い私を知っても逃げる気配もないし、そろそろいいだろう」

「体が悪い……ご病気でも？」

「子どものころから心臓が弱かったらしい。私を産んでさらに弱った。生きているうちに私の妻が見たいとせかされていたが、きみが来てちょうどよかった。ただ、母には余計なことを言わないでくれ。きみを人買いのようにして娶ったことを母は知らない」

「人買い、ちが」

「余計なことを、言わないでくれたまえ。いいな」

間を区切りながらの重い調子で言われ、澪はそれ以上は言葉にせずにまたうなずいた。

「その調子だ。私にうまく合わせてくれればいい。――長々と話してしまったな。夜は冷える。そろそろ部屋に帰りなさい」

硬い調子で暁斗が告げる。けれど、澪はその場から動かず、「あの、最後に聞いてもいいですか」とためらいがちに呼びかけた。

「なんだ？　かまわないが」

「よかった！　……暁斗さんは、甘いものとしょっぱいもの、どちらがお好きですか？」

澪のその問いかけに、しばらく考えて暁斗は合点する。

「なるほど、一嘉にそんなことも伝言されたな。私に特段好き嫌いはない。どんなものでも食べる。ああ、だが――あのみたらしは美味《うま》かった」

「本当ですか⁉」

「なんだ、急に、勢い込んで」

「嬉しいんです。暁斗さんに美味《おい》しかったと言っていただけたのが」

澪が、それまでとは打って変わった明るい表情を浮かべる、目は細められ、口元からは白い歯が覗き、無邪気な喜びがそこにはあった。

意味がわからない暁斗が、いぶかしげに眉をひそめる。

「こんなことが嬉しい？　きみは変わった娘だな。まあいい。これでいいだろう？　さあ、さっさと寝なさい。明後日の朝、きみの部屋に迎えに行く」

「はい。暁斗さんの大切なお母さまに会わせていただけること、とても有難く思います。粗相のないよう気を付けますね。それでは、おやすみなさいまし、暁斗さん」

澪が、ガウンの裾を揺らしてその場を離れていく。

そして、しばらくそのまま歩き、すっと暁斗の方を振り返る。

そこには、澄みきった微笑が浮かんでいた。

暁斗は思わず胸元を叩く。

先ほど追いやったはずの影が、どうしてか、また翼を広げかけていた。

二日後の朝。

澪は、背筋を伸ばし、いつもよりきつく帯を結ぶ。大きな姿見は、とろりとつやのあるチーク材が蔦《つた》を模し、鏡を囲んでいる古典調の逸品だ。そこに見える自身の姿に何度かうなずきながら、澪は衿元に手を入れて直す。

――衿はこのくらいでいいかしら。衣紋を抜きすぎると品のない着こなしになってしまうから……。

今日、澪が身につけているのは、桐箪笥の中に入っていた葡萄柄の着物だ。明るい茶色に白く葡萄が染め抜かれた正絹は、さわやかながら格式があり、暁斗の母と会う日にぴったりだと澪は思ったのだ。葡萄柄が意味するのが家の繁栄だというのも、形だけとはいえ、義母となる人に目通りするのにふさわしいだろう。

シャボンで洗い、椿油をつけるのが当たり前になったことで、さらさらと心地よい手触りになってきた髪は、三つ編みを髷にして結い上げた。少し面はゆいながら、上等の着物に髪が見劣りしないようにそこもリボンで飾る。佳蓮の服を整え、髪を結ってきた澪には、このくらい朝飯前だった。

……よし。

澪がもう一度強くうなずく。

これで、少なくとも、義母の機嫌を損ねない程度のいでたちにはなったはずだ。

それから、澪は何度も深呼吸する。

——暁斗さんのお母さまはどんな方でしょう。お体が弱いそうだけど、暁斗さんみたいにお心はしゃんとした方なのかしら。そんな方に、わたしのことをお気に召していただけるかしら。一嘉さんは、とても優しい方ですと言っていたけれど……。

沸き上がる不安を抑え込むように、澪はじっと鏡の中の自分と目を合わせる。

秋月家に嫁いで、いろいろなことがあったわ。でも、わたしはきちんとここで暮らしている。だから大丈夫よ。暁斗さんのお顔に泥を塗らないようにだけ、あなたは心掛けていればいいのよ。

どきどきと脈打つ心臓をごまかしながら、澪はさらに鏡の中の自分に話しかける。

「今日は、まっすぐな心を持って誠心誠意お話しなさい。暁斗さんのお母さまだもの。そうすればきっと気持ちは通じるわ。あなたができるのはそれだけ。そうでしょう？」

来るはずのない返事を待つように、澪が唇を閉ざす。普段はささない紅をさしている唇は、澪をいつもより少し大人に見せていた。

「頑張りなさい、わたし。これも暁斗さんへのご恩返しよ」

そこまで言ったとき、部屋の襖の前から、澪を呼ぶ低い声が聞こえた。

「澪嬢、用意はできているか？　私だ」

「は、はい！　できております！　今、参りますね」

結った髪をなんとはなしに撫でながら、慌てて澪が襖へと向かう。

襖を開けたそこには、普段着のままの暁斗が立っていた。

「平服……」

「ああ。なにか不都合が？」

「いえ、なにも」

そう言いながら、澪は自分の全身を改めて眺めまわす。めかし込みすぎてしまっただろうか？

「きみは正装か」

「暁斗さんのお母さまにお会いするので」

「母はそんな大層なものではないが」

「き、着替えて参ります！」

「いい。きちんとしていて悪いということはない。そのままでかまわない」

「申し訳ありません……」

「なぜ謝る。人と会うときに身ぎれいにするのは正しい。さあ、来たまえ」

暁斗に促され、澪は廊下を歩きだす。

押し黙ったままでいるのも気まずくて、暁斗になにか話しかけようとするが、澪の口は膠《にかわ》で固められたように動かない。

あの月夜の晩、あれほど饒舌に話せたのが嘘のようだ。

……だって、こうして朝の日の下で見ると、暁斗さんの体は思っていたよりずっと大きくて、こっちだ、と行き先を教えてくれる手のひらはわたしの手なんか呑み込んでしまいそうで……心臓が、変な風に動くの。

澪の心中など知ることなく、暁斗はさっさと屋敷の中を歩いていく。

離れへと向かう長い渡り廊下は、これまで澪が足を踏み入れたことがない場所だ。秋月家はそれでなくとも広い屋敷であったし、最近の澪は学業と下働きの両立にてんてこ舞いをしていたからだ。

小ぶりの屋根で覆われた渡り廊下には一本の長い自然木を巧妙に組み合わせた手すりがしつらえられ、これから向かう場所の格の高さを感じさせる。少なくとも、病を養っている人間が暮らす場所ではない。暁斗は母親を大事にしているのだ。そう思えば、冷たい態度の下に隠された熱い血が伝わってくるようで、澪の心臓はよけいに大きな音を立てる。

いい人……暁斗さんは、本当に。

暁斗の後をついて歩きながら、澪はぱちぱちと目をしばたたかせた。

だから、わたしにもこんなによくしてくださるのね。言葉なんかでは推し量れないものを、暁斗さんはお持ちだわ。

改めて見直されていることも知らずに暁斗はすたすたと歩き続け、数枚並んだガラス戸の前で止まった。

「ここだ、ついたぞ」

「はじめまして、こんにちは。わたくしは弥生《やよい》、秋月弥生です。こんな格好でごめんなさいね。心臓の具合があまりよろしくなくて……」

寝間着のまま、布団の上に体を起こした中年の女性——弥生——が澪に微笑みかけた。

病のせいだろう、顔色は蠟《ろう》のように白い。それでなくても深い二重は痩せているせいでさらに瞼に強く溝を刻み、整った顔立ちに確実な衰えを添えている。唇にも色がなく、弥生はすべてが儚《はかな》い印象を与えた。

八畳ほどはある部屋の中、弥生の下座に澪と暁斗は並んで座っていた。

「はじめまして、弥生さま。澪です。体調がお悪いのなら、ご無理はなさらないでくださいまし」

澪が弥生に頭を下げる。

心臓が悪いという言葉の通り、ゴホゴホと湿った咳をしてから、弥生が「ふふ」と軽く笑う。

「いいのよ。暁斗さんの花嫁に初めてお会いするんですもの。わたくしねえ、ずっと暁斗さんがお嫁さんを取るのを待っていたのよ。でも暁斗さんは、自分はこんな顔だから、と結婚なんてしらんぷりで。だから、あなたみたいな可愛い人が来てくれてほっとしているの。ねえ、澪さんて呼んでもいいかしら。わたくしのことも母さんって呼んでくれたら嬉しいわ」

「そんな、恐れ多いです」

思わず顔の前で手を振る澪に、弥生はくすくすと笑いかける。重病を抱えていても、性質は伸びやかなままの姿に、澪は暁斗と同じ強さを垣間見た。

「澪さんは慎み深い方ねえ。もっと気軽にしてくださっていいのよ」

「母さん、澪嬢を困らせるな」

「あら、暁斗さんはお黙りくださいな。暁斗さんの妻なら、わたくしの娘よ」

やつれた顔でつん、と口を尖らせる弥生に逆らうのも申し訳なくて、澪がおずおずと声を上げる。

「かしこまりました。お母さまと呼ばせていただきます」

「ほおら。暁斗さん、あなたの奥さまはできた人ね」

「母さんが無理やり言わせたようなものじゃないか」

「いやだわ、そんなことないわよ。でも、澪さん、本当によろしいの？」

不意に真面目な声音で聞かれ、澪は体を強張らせる。

暁斗さんには余計なことを言うなと言われているけど、どう答えればいいの？　わたしは契約の妻でも幸せです、と言ってしまっていいの？

言葉に詰まる澪へ、弥生が畳みかける。

「お式もなにもしないなんて。暁斗さんが人目につくことをしたくないと思うのは自由よ。でも、それでは澪さんがあまりにもお気の毒ではないかしら。花嫁になるのは女の一世一代の晴れ舞台。わたくしは長い行列で実家から送られたし、こんなわたくしにも、旦那さまは盛大な宴を開いてくださいましたもの」

——ああ、そういうことか。

澪は、弥生に悟られないようにそっと息を漏らす。

優しい人なのだ、この人も。ごみくずのように自分を捨てたあの家とは違って——。

相馬家での自分の扱いを思い出し、ちりちりと胸が痛むのを感じながら澪は笑ってみせる。

「暁斗さんの思し召しならばかまいません。暁斗さんがわたしを選んでくださっただけで有難くて……嬉しいんです。ですから、形はいかようにでも」

暁斗の前ではっきりと口に出すのは恥ずかしさも伴ったが、それよりも澪は弥生に自身の心情を伝えたかった。

そして、それが形だけではないと示すために、暁斗にそっと寄り添う。

かすかに触れ合う暁斗の体は温かく、澪は気づかないうちに微笑んでいた。

暁斗もまた、母の前で澪をあからさまに突き放すことはしなかった。

「まあ……！」

大きく目を見開いた弥生が、口元に手を当てる。

「澪さん、もう一度言ってくださる？」

「え、は、はい。暁斗さんがわたしを選んでくださっただけで嬉しいので、結婚の形にはこだわりません。暁斗さんほど優しい方をわたしは知りません」

はにかむ澪が繰り返す。

弥生が突然うつむき、今度は目元に手を当てた。

「お母さま、どうかなさいました⁉　わたし、失礼を申し上げたでしょうか」

「……違うのよ……わたくしも嬉しくて……」

ぐす、と鼻声交じりに弥生が答える。そして、顔を上げた。

くっきりとした目元はこぼれた涙に濡れている。

「正直に言うわ。あなたを繋ぎとめるには贅沢なものを揃えるしかないと思っていたの。だから、お部屋も整えさせて、お着物や宝石も用意したわ」

「母さん、やめろ」

「いいえ、言わせて頂戴。社交界から退いて久しいわたくしですけれど、秋月家が今はなんと呼ばれているかくらいはわかっているわ。暁斗さんの値打ちはその心だけど、感じ取れない人も多いだろうとも思っていたわ。でも、澪さんはそうではないのね……暁斗さんの外面ではなく内面も見てくださったのね……母として、こんなに喜ばしいことはないわ」

涙目のまま、弥生は明るい笑顔を浮かべた。見ている澪たちにまで、その喜びが伝わってくるような笑顔だった。

「ありがとう、澪さん。秋月家に嫁いでくれて」

弥生の笑顔を見ていると、澪の胸はまた痛む。こんないい人を、自分は騙しているのではないかと。そう考えれば、口から反射的に言い慣れた言葉がこぼれそうになった。

「わ、わたしこそ、できそこな……」

そこまで言いかけて、澪の発言は弥生に遮られた。

「おやめになって、ねえ」

そして、弥生が笑顔のまま澪へと語りかける。

「澪さん、自分をそんな風に蔑まないでくださいな。相馬家のお話なら噂に聞いています。でも、今わたしの目の前にいる澪さんは、これ以上ない暁斗さんの妻よ。それに、もうあなたは秋月家の人間なの。ご実家でのことは考えなくていいのよ」

「お母さま……」

澪の目じりにも涙が浮かんだ。

――この人はわたしが相馬家でどう呼ばれていたかも、全部知っているのね。知っていて、こんなにわたしを歓迎してくれるのね。ならばわたしも、暁斗さんにするように、お母さまにも全力でお仕えしましょう。本当のお母さまはこの人だと思いましょう。

そんなことを考えながら、すん、と鼻をすする澪に無言で暁斗がハンカチを差し出す。

「あ、ありがとうございます」

「礼はいい。顔合わせを見苦しい顔で終わらせたくないだけだ」

つっけんどんに暁斗が言うと、弥生が「あらあら」と苦笑を漏らした。

「暁斗さん、意地悪な言い方ばかりしていると澪さんに逃げられてしまうわよ。こんないいお嬢さん、もう二度とうちには来てくださらないだろうから、もっと素直になりなさい」

「母さんは黙っていてください。私は充分素直です」

取り付く島もない暁斗の物言いに、弥生が寝間着の袖で涙を拭きながら笑う。

「もう、いやねえ。暁斗さんはこんな人だから、澪さんが不安になることもあるでしょう。だから、これをあなたにお渡しするわ」

そう言いながら、弥生は枕もとの手文庫に手を伸ばす。通常の手文庫より厚みのある螺鈿《らでん》細工のそれの蓋を開け、弥生はなにかを取り出した。

「暁斗さんの妻がどんな方か案じていたけれど、準備だけはしておいてよかったわ。澪さんはこれにぴったりの方だったんですもの。……ねえ、澪さん、こちらに来てくださる？」

「はい。お母さま」

応じた澪がすり足で弥生に近づき、その枕元に控える。

「ありがとう。……澪さん、これよ」

弥生が差し出したのは、びっくりするほど大粒の珊瑚《さんご》が幾粒もあしらわれたかんざしだった。傷一つないつややかな正円の珊瑚は極上の血赤色で、その周りには金銀細工の花が開いている。細工の細かさだけでも珊瑚に劣らない豪華さなのに、さらに小粒の真珠を連ねたものが幾条も垂れ下がり、かんざしにこれ以上ない華やかさを添えていた。恐らく、値段をつけようとしてもつけられない種類のものだ。

「わあ、素敵」

「でしょう？　差し上げる」

手のひらの上にかんざしを載せてくる弥生から逃げるように、澪が身をよじる。

「いただけません、こんな素晴らしいもの！　お母さまが持っていてくださいまし」

「あら、これは秋月家の花嫁に代々伝えられているかんざし。あなたが受け取らなくては、かんざしもかわいそうよ」

「そんな……」

困った澪が暁斗へと視線を向けるが、暁斗は「受け取ればいい」とまるで他人事《ひとごと》だ。

「ほら、暁斗さんもああ言っているじゃない。ねえ、澪さん、なにかあったらこれを見て。妻はわたしなのだと胸を張ってね。わたくしもそうしてきたのよ」

それでも手を出しかねている澪を見て、弥生はくすりと笑ってから、澪の結い髪にかんざしを挿し込んだ。

「あっ、お母さま」

「これでもうあなたのもの。綺麗よ、澪さん」


「これ、どうしましょう……」

澪は、髪から外したかんざしを手に途方に暮れていた。

なごやかに終わった弥生との顔合わせ。弥生は想像以上に澪を歓迎し、秋月家の花嫁として認めてくれた。それは喜ばしいことだ。ただ、澪を当惑させているのは、契約妻には分不相応な高価なかんざしが手元に残ってしまったことだった。

「きみのものだ。使えばいい」

暁斗は淡々と答え、その場を去ろうとする。

二人が立っていたのは、離れへの渡り廊下の入り口であり、屋敷へとつながる場所だ。

「あ、暁斗さん、お待ちになって」

「なんだ。きみと母はうまくやっていけそうに見えたが、まだ言いたいことが？」

「もちろん、お母さまはわたしを娘だと言ってくださった方です。大切にいたします」

「ならいいだろう。母はきみに満足し、きみはこの家での立場という代価を得た。代価の代表がかんざしだと思いたまえ。母は多少、夢想家の気がある」

「ですが」

「くどい。ほかになにが？　言っておくが、これ以上の母との橋渡しはごめんだ。わたしときみの真の関係が漏れやすくなる。母はどうせ離れからは出ない人だ。余計なことは知らなくていい」

「承知しております……承知しているからこそ、このかんざしは受け取れないと思うのです」

澪が、かんざしを暁斗に差し出した。

困惑に揺れる眼差しは、それでも暁斗をしっかりと捉えている。

「わたしは偽物の花嫁です。これを頂戴する資格はありません」

「贈り物を突き返す方が無礼だとは思わないのか」

仮面越しに、冷ややかな暁斗の声が降ってくる。

びくりと体を震わせながら、それでも澪は必死に言い募った。

「暁斗さんのおっしゃる通りです。でも、お母さまに嘘をつくのは心苦しく……」

ふう、と暁斗がため息をつく。

仮面に阻まれて表情が読み取れないのが、澪にはもどかしかった。

──お怒り……？　それとも……？　でも、あんなに優しい方を偽るのはつらいのよ。相馬家でのわたしの評判も知っていて、それでも受け入れてくださった方……わたしが嫁《か》してきたことを喜んでくださった方……。

沈黙する暁斗の心がどこにあるのかが恐ろしく、澪の血はどくどくと脈打つ。それでもかんざしを差し出す手を引き戻すことはない。暁斗へのものとは違う、弥生への恩義が澪の指先を支えていた。

半ば祈るような目で、澪は暁斗を見上げる。

滞留した時間の中、暁斗の人差し指が、こんこん、と自らのこめかみを叩いた。

「きみは、真面目な娘だな」

「え？」

発せられた言葉が意外過ぎて、澪は思わず聞き返す。

「真面目な娘だ、と言ったんだ。常の娘なら、豪華な贈り物をただ喜んだだろう。だが、きみはそうではない。母を慮《おもんぱか》ってくれた」

暁斗の人差し指が顎の先に移動する。

思案する形をとったそれを、澪はただ見守っていた。

「受け取りなさい。私が許す」

言葉とともに、暁斗の大きな手が澪の手をぐい、と押し戻した。

それでは話が元に戻ってしまう、と、澪がいやいやと首を振る。

だが、暁斗の手は揺るがなかった。

「どうせこの家は私の代で終わりだ。返す必要はない」

「そんな、悲しいこと」

「事実だ。では言い方を変えようか。それはきみが預かってくれたまえ。もしもきみが次に渡すべき人間を見つけたら、その者に渡してかまわない。これなら？」

「預かる……」

「そうだ」

先ほどまでより、幾分柔らかな声色で暁斗がうなずく。

「それも嫌か？　私がなんと言えばきみは納得してくれる？　どうすべきか……」

「いえ……あの、お命じにはならないのですか」

「命じる？　どういうことだ」

「『私が差し出したものは全部受け取れ』と以前に暁斗さんがおっしゃっていたことを思い出したんです。わたしは暁斗さんの言いつけには背きません」

「そういえば、そんなことも言ったな」

「はい」

今度は澪がうなずく番だった。

いっそ命令されればいい。澪はそう思う。

そうすれば、「逆らえなかったから仕方ない」と自分に言い聞かせることができる。

けれど、暁斗は予想外の言葉を口にする。

「どうしてだろうな、今はそう思わない。きみが私の話を聞き入れてくれればいいと思うだけだ。……澪嬢、まだそれを受け取りたくないか？　私が頭を下げて頼んでも？」

不意に、暁斗が長身を折った。

「これでどうだ。まだ不足か？」

「そ、そんな、頭を上げてくださいまし！　受け取ります！　お受け取りいたしますから……！」

うろたえた澪がようやく手を引っ込める。かんざしの珊瑚がちかちかと揺れた。

「よかった。かんざしも行き場所を見つけてほっとしているだろう」

「もったいない仰せ、ありがとうございます……」

ぽっと澪の耳の先が赤らむ。それを気にせずに、暁斗は先を続けた。

「遠慮なく使うといい」

「……かしこまりました」

また頭を下げられては困る、と澪はとりあえず同意した。かんざしは鏡台の奥に大切に仕舞っておこうと決めながら。

「よし、話は終わったな。ほかになにか――」

暁斗が澪に尋ねかける。だが、それは最後まで言い終わることなく途切れた。

澪の耳にも馴染み始めた少年の声があたりに響いたからだ。

「暁斗さま、こちらにいらしたんですね！」

「どうした、一嘉」

ぱたぱたと威勢よく走ってきた一嘉が、暁斗の足元で止まる。

いつものようにシャツとズボンの洋装をした彼は、暁斗を捜し回っていたのか、はあはあと息を切らしていた。

「内裏《だいり》より緊急のお呼び出しです！　これまでにない大規模な『門』が観測されたと！生じるあやかしの数が多すぎて、祓の力のある各家も歯が立たないそうです！」

焦った様子の一嘉とは正反対に、暁斗はなんでもない口調で言う。

「そうか、それはことだな」

「残る希望は暁斗さまの封印の力だけ。至急『門』まで向かってください！」

「承知した。すぐに着替える。一嘉、今回はおまえもついてこい」

「はい！　喜んで！」

跳ねるようにして答える一嘉を一瞥してから、暁斗は澪へと体を向け直す。

「悪いな、澪嬢。私は行くところができた」

「お、お気をつけて！」

あやかしとの戦いは危険を伴うものだ。そのくらいは、祓の力のない澪にもわかっていた。そして、こうして声をかけるくらいしか、自分は役にも立てないことも。

「ああ。いつものことだ、大事ない。では」

そう言いながら、暁斗が踵《きびす》を返す。

遠ざかっていく二人の背中を、澪はただ見守っていた。

そして、廊下の角を曲がり、暁斗の姿が見えなくなったところでかんざしを抱きしめる。

もっと言うべきことがあったはずだ。なのに、喉につかえて出てこなかった。

『よく学べよ』

『家が恋しくはないのか』

思い浮かぶ暁斗の言葉はいつもまっすぐだった。まっすぐすぎて、素っ気ないほどだ。

だが、その飾り気のなさが、澪の心に沁みていくのも確かだった。
どうして、自分は肝心なときになにも言えないの。
はくはくと何度か口を動かし、澪はやっと思いの一部を形にする。
「――無事に戻ってきてください、暁斗さん」
音にできた言葉は、不思議な重みで胸を染めていく。
相馬家でも感じたことのないそれは、澪をひどく戸惑わせた。

第三章　たぐいまれなるその力

「暁斗さま、こちらへ！」

赤い光の線が飛び交う中、一嘉が暁斗を促す。

「他家の撤退は済んだか？」

「はい。全家、安全領域まで退避いたしました！」

空を、何体もの黄色い目をした黒い影が埋め尽くしていた。

時刻は昼だ。

なのに、明るいはずの草原は鬱蒼とした暗さで覆われていた。

あやかしのせいだ。

空気さえ生臭く、その薄暗さの中を、あやかしの体が放つ忌まわしい光だけが赤く輝いていた。

「くそっ、きりがない」

一嘉が腰のサーベルを抜き、影を切り結ぶ。

ゲギョッと濁った声を上げて、影あやかしがはじけ飛んだ。

「いいんですか、暁斗さま。援護があればもっと楽に『門』まで進めるはずです。ほかの家はそのために帝から高い地位を――」

「いい」

暁斗が、スーツの上に羽織っていた黒いインバネスを翻《ひるがえ》した。裏地にはびっしりと梵字が刻まれている。

「おまえ以外は足手まといになるだけだ。進むぞ、一嘉。露払いを頼む」

「かしこまりました！」

歯切れのいい返事とともに、一嘉の手が白い粒子を帯びる。

その粒子はぱちぱちと軽い音を立てながらサーベルを包んだ。

暁斗は手になんの武器も持たず、ただ腕を振りながら進むだけだ。しかし、その単調な動きだけでも、影あやかしは悲鳴を上げて消え失せていく。

「目標地点までは？」

「およそ五十メートルです！」

「よし、その程度なら備蓄が持つ」

目を凝らしてみれば、暁斗の指先からは無数の針が射出されていた。

自身の霊力を体外に放出し、なんらかの形を持たせる。とても高度で、ただの祓の力とは一線を画す能力だ。

まるで指揮者のように優雅な暁斗の腕の動きとともに、次々と影あやかしが吹き飛んでいく。その射程から外れているものは一嘉のサーベルが仕留めた。

二人は悪意と邪念に満ちた道のりを、粛々とした足取りで進んでいく。

これほどの数のあやかしを百出させる『門』が発生したのが、郊外の草原だったのは幸いであった。

あやかしの体から放たれる光がピッと一嘉の頬を撫でる。一筋の切り傷が、まだ少年のままの顔に刻まれた。

「一嘉、油断はするなよ」

「申し訳ございません！」

「気をつけろ。あれらのつける傷は厄介だ」

そう言いながらも、暁斗は手を動かすのをやめない。ギィギィと影あやかしのあげる断末魔の叫びがあたりに響く。

「数は多いが、一体当たりの戦力はそれほどでもないな。この分ならそう苦労せずに封印ができるだろう。内裏も大げさなことだ」

「暁斗さまのお力が桁違いなだけです！」

こちらは息を切らした一嘉が、サーベルを振りながら叫んだ。

一嘉とて、無能な術者ではない。けれど、暁斗には到底かなわない。撤退した術者たちも、きっと同じことを感じただろう。

惜しむらくは、人嫌いな暁斗が面倒を避けて他家を下がらせたことで、その有能さが今回も誰にも伝わらないことだけだ。

二人の訪れは、内裏からの派遣者とだけ通知され、秋月家の名前は秘されていた。

「さて、『門』まで来たが……これは、大きいな」

これまでとは比較にならない、一体で空全体を覆うほどの影あやかしがそこにはいた。

暁斗の腕が大きくしなる。

とととと、とリズミカルに針が影あやかしの体に突き刺さっていくが、今回は消えることがない。

「なるほど。同族食いで力を蓄えたか。一嘉、門から出てくる小物を何とかしろ。私は本体を攻める」

「はい！」

巨大な影あやかしのうしろには、淡い燐光を放つ『門』がぐるりと円を描いていた。

そして、そこからはどんどんと新しくあやかしが生まれ続けている。

一嘉が『門』へと向かう。

その場に残った暁斗は両腕を高く上げ、勢いよく振り下ろした。

これまでで最大量の針が、暁斗の手から放たれる。

針が、初めて質量を持った。

銀色の波が巨大なあやかしに襲い掛かる。

ギギッと甲高い声が上がった。

ざわりと影が揺れる。それは薄くなり、飛び散りそうになり——しかし、その刹那《せつな》、再び漆黒の形をとった。

黄色い目がぎょろりと暁斗を見る。

目は二つから三つに、三つから四つに増え、そこから同時に赤い光を放った。

暁斗は咄嗟にインバネスで体を覆うが、対魔結界を施されているはずのそれですら、あまりに出力の高い力に燃え上がる。

舌打ちを一つした暁斗は、インバネスを影に投げつけ、そのまま両腕をまっすぐに前へ向ける。

これまでより太い針があやかしへと向かった。

「暁斗さま！」

「私なら大丈夫だ！　おまえはそちらに専念せよ！」

振り返る一嘉を制止し、暁斗がその場で高く跳躍をした。

影あやかしの目を狙い、針が放たれる。

黄色い目は突き立てられた針で針鼠のようになり、影は再び歪んだ。

「よし」

誰ともなしに暁斗はつぶやく。

仕留めたと、思っていた。

いや、仕留めた、はずだった。

歪んだ影が腕を伸ばすように形を変え、暁斗の背後に回り込む。

潰された目から黒い血を流しながら、それでも影あやかしは諦めてはいなかった。大量に現れたほかの影あやかしを事前に食らっていたことで、まだかろうじて命を繋げていたのだ。

背後から影を打ち付けられ、暁斗の体が吹っ飛ぶ。そのまま、暁斗は地面へと叩きつけられた。

優れた術者の命はあやかしの力となる。

本能でそれを知っている影あやかしは、本体に大きな裂け目を作った。口だ。

乱杭歯が並び、赤い舌がぬめる口が、うつぶせに倒れた暁斗へと迫る。

これまでか、と暁斗は覚悟をした。

秋月家に生まれたものとして、当然の運命だとも思っていた。

一嘉が駆け寄ろうとするが、分厚い影に阻まれて先へ進めない。

いい。まだこの体には命が残っている。それを使えば倒せる。『門』も封印できるはずだ。

そう一嘉に声をかけようとしたとき、ふと、暁斗の脳裏をよぎるものがあった。

それは——。

澪の笑顔だった。

おにぎりを差し出しながら。

深夜に庭で話しながら。

「あなたの目になりたい」と言いながら。

いつも澪は、澄んだ笑みを浮かべていた。

そうだ、自分がいなくなったらあの娘はどうなる？　また相馬家に返されるのか？

やっと覚えた漢字で礼状を書いてきた娘が？　いや、母は澪を秋月家に置いてくれるだろう。けれど、体の弱い母がいつまで生きられるだろうか？　そうして当主の後ろ盾を失った秋月家の先行きは？　澪一人にそんなものを背負わせろと？

——駄目だ。

そんなことは、許されない。

私は、必ず——生きて帰らねばならない。

がばりと暁斗が体を起こす。

そして、影あやかしの口へと右腕を突き入れた。

ぬるりと腕が肩まで飲み込まれ、鋭いあやかしの牙を立てられる。噛み破られた血管から鮮血がほとばしった。

だが、暁斗は歯を食いしばり、激痛に耐える。

そのまま、あやかしの口のなかで手のひらを大きく広げた。

「これが最後の備蓄だ……っ！」

かつてないほどの大量の針が、あやかしの口の中に直接送り込まれる。

ドン、ドン、となにかが爆ぜるような音があやかしの体内から聞こえた。

そして、一歩遅れて、あやかしの体表が大きく膨らんだ。

水でいっぱいになった水風船を思わせる動きであやかしの体が揺れる。一つだけ残った黄色い目がぐわりと剝かれ、そのまま光を失った。

影あやかしの体がべちょりと地面に落ち、どんどんと黒い色を薄くしていく。数十秒ほどでそれは完全に空気と同化した。

「暁斗さま！」

泣き出しそうな顔で、一嘉が暁斗を見ていた。

「……大丈夫だ」

そう言いながら、暁斗は立ち上がり、ちぎれそうになっている右腕を左腕で支えながら、『門』へと近づく。はあ、と呼吸を一つ整えて、そのまま右の手のひらを『門』へとかざした。備蓄されていた力とはまた別の力が、暁斗の手のひらに浮かび上がった模様から降りそそぐ。それは透明な立方体の形をとり、『門』を包み込んだ。抵抗するように『門』は強く発光するが、立方体の中に閉じ込められることで徐々に光は弱くなっていく。そのうちに、立方体は内部の『門』ごと大きさを縮めだす。あっという間に立方体は手のひらに載るほどの大きさになり、しゅん、とこれまでの死闘が嘘のように軽い音を立てて、『門』は封印された。あっけないほどの幕切れだった。

「大丈夫なんて、そんな、血止めをしなくちゃです。腕も！」

一嘉が、着ていたシャツを破り、暁斗の上腕をきつく縛る。あたりに落ちていた棒を添え木にし、ふらふらとありえない角度に揺れる右腕も固定した。

「ああ、暁斗さまの大事な腕……僕、お役に立てず……！」

「大丈夫だ。いつもどおりおまえは役に立ってくれた。いい露払いだった」

「だって、だって……！」

「それより、さすがに少し……休みたい」

「暁斗さま？　暁斗さま！　大丈夫ですか？　すぐに馬車までお連れします！」

「あまり大声を出すな。傷に響く」

その場に頽《くずお》れそうになる暁斗を必死で支え、一嘉が草原を歩きだす。

あれほど暗く陰っていた空は、あやかしが討伐された今、抜けるように青かった。


「暁斗さんがお帰りに？」

自室でおとなしく待っていることもできず、屋敷の中をうろうろと歩いていた澪が、廊下を早足で歩いていたヨネに問いかける。

玄関から聞こえたざわめき、大勢の人間の入り乱れる足音。どれも、普通ではない事態が秋月家に起きていることを澪に予感させた。

「はい。でも、若奥さまにお見せしちゃいけないと……若奥さま、若奥さま！」

ヨネの言葉を最後まで聞かず、澪が暁斗の部屋へと走る。令嬢らしい振る舞いなど、今はどうでもよかった。

「暁斗さん！」

入室の是非を確認する前に、澪の手は暁斗の部屋の襖を開けていた。

暁斗の部屋は広い畳敷きの和室だ。秋月家の主人の部屋らしく、見事な造りの格天井《ごうてんじょう》が目立つ。部屋に二か所設けられた違い棚の片方には由緒ある書画が、もう片方には唐草模様の水盤に据えられた時代物の水石が飾られていた。

暁斗はその部屋の奥に敷かれた布団にぐったりと伏せっていた。顔色は仮面で阻まれ判断できないが、首筋はうっすらと青く、血の気がない。

枕もとには盥《たらい》が置かれ、一嘉がそこで手拭いを絞っている。

「ああ、きみか。今は都合が悪い。話はあとにしてくれたまえ」

体を起こすことなく暁斗が伝える。

分厚く包帯の巻かれた右腕は、掛け布団の上に力なく投げ出されている。白かったはずの包帯は赤く染まり、暁斗の受けた傷のむごさを澪に理解させた。

「そんな……！　暁斗さん、大丈夫ですか？　お医者さまはまだ？」

澪の声に、一嘉が首を横に振った。

「どうして？　すぐに使いを出します。いいえ、わたしが呼んで参ります！」

「無駄だ、澪嬢」

「え？」

思いもかけない台詞を投げかけられ、澪が暁斗に駆け寄る。

「なぜそんなことをおっしゃるんです？　この血……深手を負われているのでしょう？早くお医者さまに診ていただかないと……！」

「だから、無駄なんだ。あやかしがつけた傷は医者には治せない。この顔もそうだ。幼いころにあやかしとの戦いで傷を負ったが、どうにもならなかった」

「でも、なにか、なにか方法が」

「ない。過ぎる時間だけが傷を癒す。普通の手傷より長くかかるがな」

「そんな！」

澪が大きく目を見開いた。

「本当なの、一嘉さん、どうにも……ならないの？」

澪に場所を譲り、暁斗の足元に控えていた一嘉が今度は首を縦に振る。

澪が顔を覆った。

涙がせりあがってきて止まらない。もどかしさと悲しみがないまぜになり、澪の心をぐらぐらと揺する。

もしも自分が佳蓮なら、暁斗に同行できたはずだ。きっと力になれたに違いない。でも、そうではなかったから。

今ほど、自分ができそこないであることを悔やんだことはなかった。

無力でいることには慣れたはずなのに、こんなにも胸が苦しい。

どうして、わたしはこんな風に生まれてしまったの？

「……わたし、あなたの目になると言ったのに……目になるどころか、なにも役に立てません……！」

「泣くな。右腕は駄目になるかもしれないが、命は残った。それだけでいいだろう」

「だって」

しゃくりあげながら、澪が暁斗の右腕に視線を向ける。

駄目になる？　暁斗さんの腕が？

嘘よ。

そんなの、嘘よ。

こんなに優しい人が、わたしにたくさんのものを与えてくれた人が、あやかしなんかに腕を奪われてしまうの？　そうしたら、お母さまだってどんなに悲しむことでしょう。

嫌。絶対に嫌。暁斗さんはお幸せでいなければいけないのよ！

はじけそうな思いの形のまま、澪の瞳から、さらに一粒の涙がこぼれ落ちた。

それは、包帯の上にぽつりとしみ込み……。

その瞬間、暁斗の腕は激しい光に包まれた。

部屋にいる誰もが、言葉を失った瞬間だった。

最初に反応したのは暁斗だ。

「痛みが……ない？」

そう言いながら、右腕を持ち上げる。

神経まであやかしの牙でずたずたにされ、分断される寸前だったはずのそれは、やすやすと挙上した。

「……動く」

それとともに、暁斗の首筋に赤みがさしていく。まるで、失われた血液が補充されていくようだった。

暁斗が布団の上に体を起こす。

そして、右腕のこぶしを何度も握る。

「不自由もない。……澪嬢、もしかしてきみは……」

驚きに体を固くしていた澪が、暁斗に呼びかけられぎこちなく顔を上げる。

一嘉は声もなく二人を見つめている。

「わたしが、いかがなさいましたか」

涙で濡れた顔で、それでもなんとか澪は答えた。先ほどの光の意味はわからない。ただ、暁斗の呼びかけには応じなければ、という覚悟だけが澪を動かしていた。

それに対し、暁斗はまるで独り言のように言う。

「脈々と受け継がれてきた異能が、一代で消えることなど本来ならばあり得ない。そうか……違う力を持って生まれて来たのか」

「どういうことでしょうか……？」

「説明の前に、この傷に触れてくれたまえ」

暁斗が、今度は左腕を差し出す。右腕ほどではないが、あやかしからの光線を浴びたときに火傷《やけど》を負い、ただれてしまっていたのだ。

「私の傷を治したい、ときみは考えているはずだ。その心のままに」

「承知いたしました」

おずおずと伸ばされた指先が火傷に触れる。今度は、先ほどより弱い光がそこに現れ……光が消えたとき、火傷もまた消えていた。

「ど、どういうこと」

うろたえる澪とは反対に、暁斗は満足げな様子でその顔を眺めていた。

「やはり、思った通りだ。澪嬢、きみは祓の力がなかったのではない。癒しの力があっただけだ」

「わたしに？　でも、そんなことは誰にも」

澪が首を横に振る。まさか、そんな大それた能力が自分にあるとは、にわかには信じられなかった。

「きみのご家族には悪いが、彼らは祓の力があることに胡坐《あぐら》をかいていたのだろうな。こんな素晴らしい力を見逃すとは！　いいか、きみはあやかしがつけた傷を治す力を持っているんだ！　誰にも治すことのできない傷を！　きみは私の右腕も治したんだ！」

暁斗に勢いよくそう言われ、澪はまた首を振った。

——だって、わたしはできそこないで、だからお父さまにもお母さまにも憎まれたの。暁斗さんはきっと勘違いをなさっているのよ。わたしが、そんなにいいものなわけ、ないわ。

「まだ信じられないか？　では一嘉の頬の傷を。私にしたように、治したいと念じながら触れたまえ」

ぶるぶると震える指で、澪が一嘉の頬に触れる。

ちかりと小さなまたたきのあと、一嘉の頬に刻まれていた一筋の傷は跡形もなく消え失せていた。

「澪さま、本当です！　暁斗さまの言う通りです！　傷が治りました！」

傷があった場所をぴたぴたと指で押さえて、一嘉が歓声を上げる。

「どうだ？　信じる気になったか？　きみは癒しの手の持ち主だ」

ほう、と小さく澪が息を吐く。まだ、現実に心がついていかなかった。ずっとずっと、できそこないだと罵《ののし》られてきた。生まれなければよかったと言われたこともある。それなのに、自分にも異能が？

「わたしが……」

「ああ。きみさえいれば私はいくらでも戦える。代えがたい力だ」

初めて聞く、暁斗の弾んだ声だった。

はっと澪は思いつく。

もし、暁斗さんの言うことが本当なら――！

「な、なにをする、澪嬢⁉」

出し抜けに近寄ってきた澪の手が、暁斗の仮面を奪い取る。

そして、焼け爛《ただ》れた跡も痛ましい素顔に触れた。

二人の間に放たれるまばゆい光。暁斗は、心地よい温かさが顔面に満ちるのを感じる。ぬるま湯でゆっくりと撫でられているようなそれはしばらく続き、光が消えるのと同時に次第に冷えていった。

澪の非礼を咎めようとした暁斗は、不意に、視界が広く開けていることに気が付く。幼いころに片目を失って以来、見たことのない光景だ。

「なんだ、これは……」

違和感を覚え、自らの顔を撫でまわす。ごつごつと傷跡が盛り上がっているはずのそこは、平坦でなんの指の引っ掛かりもない。

澪の力は、傷跡の下に隠れていた暁斗の顔を取り戻させたのだ。

左右の目にはどちらも、プラチナの色をした大ぶりの虹彩が光っていた。失明していた痕跡など、どこにもなかった。くすみが抜けて銀色になった髪が落ちる肌は白く滑らかで、やはり傷跡はどこにもない。その肌の上に、アーモンド形のくっきりとした双眸が位置している。名匠が筆で描いたような二重のそれは、すっと優雅な目尻の線を宿していた。細く高い鼻梁と目立たない鼻腔はとても貴族的だ。しかし、唇は少し大きめで、完璧な調和を乱しているところがかえって彼に人間らしさを与えていた。それがなければ、人々は人形が生命を得た姿だと言われても信じただろう。かといって、暁斗に美しさに由来する弱さはない。骨組みのしっかりした長身と広い肩幅が顔立ちに華を添えていた。

そう。そこにいたのは、十人いれば十人が振り返る、恐ろしいほどの美貌の持ち主だった。暁斗の傷跡の下には、これだけのものが隠されていたのだ。

自身の変化に気づかずいぶかしげにしている暁斗を見て、澪が笑う。

それは、暁斗があやかしの前で思い浮かべたものより、ずっと鮮やかな笑顔だった。

そして手のひらを、失明していた方の暁斗の目に近づける。

「ほら、暁斗さん、こちらの目もお見えになるでしょう？　暁斗さんの目はとても美しい光です！」

「確かに。見える」

澪の勢いに気圧されつつ、なんとか暁斗がそれだけを返す。

「わたしの手に癒しの力があるのなら、暁斗さんのお役に立ちたかったんです。よかった！　お顔の傷も治せて。これでご不自由も減るかと思います！」

「あ、ああ」

暁斗はまだ、自身の顔が元通りになったことに確信が持てない。

それだけ長い間、自分はあの傷跡に苦しんできたのだ。それを、

——本当か？　これまで様々な術を試したが、この傷跡には効果がなかった。

澪嬢が治したと？　だとしたら彼女の力はとんでもない……。

暁斗が考え込みながら顎に手を当て、そこの皮膚も滑らかになっていることに驚く。

澪は真実を語っている。そう考えながらも、理性はすぐにはついていかなかった。

しかし、暁斗の葛藤も知らず、澪は無邪気にはしゃいでいる。

「わたし、あなたの目になれました！」

ほっそりとした指先が、慈しむように暁斗の両の目元に触れた。

「ね？」

その瞬間、暁斗は永遠とも刹那ともつかない時間を体感した。

指先の感触。はずむ声。それに、澪の笑顔。あやかしの前で思い出したのと同じもの。

戦場で「戻りたい」と念じたのは今日が初めてだった。どんな危機的状況にあっても、

暁斗の心は揺らぐことがなかった。けれど、澪のもとには——。

ああ、そうか。

私は、この娘に特別な感情を抱いている。

相馬家のできそこない。だが、未来を切り開く気概を持つ娘。高価な贈り物より母の

身を案じた娘。へたくそな字で「有難うございます」と手紙に書いてきた娘。

なにより。

誰よりも笑顔が似合う娘。

暁斗の全身は、体感したことのない心の動きで満ちていく。

それは、ふわりと柔らかく、そして火傷しそうに熱い。

「いかがなさいました？　まだどちらか痛むところが？」

指先を暁斗の顔から離し、ちんまりと両膝の上にそろえた澪が聞く。

「いや、大丈夫だ」

答えながら、暁斗は心の動きを必死で静めようとする。

澪に知られてはいけない。

出会ってからずっと、澪にはひどい態度で接してきた。夫であることを求めるな、などと最初に放言した人間に、誰が好意を持つものか。帰る場所がないとはいえ、澪が笑顔で接してくれるだけで奇跡なのだ。それを、余計な感情で台無しにするわけにはいかない。なにより、あれだけ醜悪な顔をさらした人間が今更なにも言えることはない。

澪と自身の関係は契約上の妻と夫。これからも、それだけだ。この感情は永遠に閉じ込めておかねばならない。

「どうだ、一嘉。私の顔は治っているか」

澪へと大きく天秤を傾ける内心をなだめながら、暁斗はわざと一嘉に問いかける。

ぼうっと暁斗たちの様子を眺めていた一嘉が、ぴん、と背筋を伸ばした。

「は、ははははいっ。元のお顔は僕も存じ上げませんが、世にも稀なるお美しさです！　天人が地上に舞い降りたような……きっと美しい方だろうとは思っていましたが、これほどとは……あとで鏡をお持ちします。ぜひ、ご自身でもご覧になってください」

「世辞はいい。目が見えるだけで充分だ」

「お世辞じゃありませんよ。それより、澪さまは素晴らしいお方ですね！　まさかこんなお力をお持ちだとは。誰より秋月家にふさわしいお方です」

「……そうかもしれないな」

それだけ言って、暁斗はかすかに顔を傾けた。

肌の上を空気が滑っていくのは久しぶりの感覚だ。仮面越しでない世界を見るのも。

「澪嬢」

「はい、なんでしょう」

呼びかけられ、澪が首をかしげる。

暁斗はわずかにためらい、先を続けた。

「これからは、澪と呼んでもかまわないか」

そこに込められた意味も知らず、澪はにこにこと歯を見せる。

「まあ、そんなこと。ええ。お好きなようにお呼びになってください」

「そうか。では、澪。改めて礼を言う。きみのおかげで私は右腕をなくさずにすんだ。失った片目も取り戻せた。この恩義を私は忘れることはないだろう」

このくらいなら許されるだろう？　心は死ぬまで凍らせる。きみに迷惑はかけない。

暁斗もまた、ぎこちなく微笑んだ。

笑い慣れていない人間が浮かべるようなそれも――実際、暁斗は笑うことに慣れていない――彼の美貌にほどよい彩りを添えた。

整った顔立ちの均衡がほんの少し崩れ、人間らしい血の気が通う。

澪がぱち、と目を見開いた。

「もったいないお言葉……！　ありがとうございます！」

「礼を言っているのは私なのに、おかしな娘だな」

「だって、暁斗さんが笑っているのが嬉しくて」

「よくわからない。私が笑うときみになにか利益が？」

「いいえ、でも、初めて拝見しましたから。とてもお綺麗です」

「きみも一嘉のような世辞を言わなくていい」

顔の前で手を払う暁斗に、一嘉がにじりより、頬を膨らませた。

「お世辞じゃありませんよ、暁斗さま！」

「わかった、わかった。――私は少し休む。二人は下がりなさい。体は無事とはいえ、疲れまでは取れないようだ」

「かしこまりました」

一嘉が立ち上がる。

澪も立ち上がろうとして、もじもじと膝を揺する。

それから、意を決したように暁斗に声をかけた。

「あの……」

「なんだ」

その真剣な様子に、暁斗が顔を引き締める。なにか、重要な事柄を口にするのではないかと。

しかし、澪が紡いだのは思いがけない言葉だった。

「あの、あとでみたらし団子をお持ちしてもかまいませんか？」

一瞬、ぽかんとした暁斗が、こらえきれずに笑いだす。

「……く、くくっ、ははっ」

「え、暁斗さん、わたし、なにかおかしなことを？」

「いや、きみはそういう娘だったのだと思い出してな。大丈夫だ。悪い意味ではない。安心したまえ」

笑いながら、暁斗は思う。

こんな瞬間を味わうのは、顔をなくしてから初めてだと。

◇◇◇

おかしなことに、暁斗の顔の治癒を一番喜んだのは本人ではなく、弥生だった。

『暁斗さん？　顔が元に？　ああ、あなたはお父さまにそっくりよ！　お父さまがご無事でしたら、どんなにか喜んだでしょう。お父さまがあなたを守り切れなくてつけてしまった傷ですもの』

『しかし、父さんが庇ってくれたおかげで、私は今生きています。顔くらいなら安いものです』

『馬鹿なことを言わないで！　――澪さん、本当にありがとう。わたくしねえ、暁斗さんの花嫁を見る以上に、暁斗さんの成長したお顔を見ることは叶わないと思っていたわ。どうお礼をしたらよろしいかしら』

『お礼なんて、お母さま。暁斗さんの妻として当たり前のことをしたまでですもの』

『……こんなにいい子を秋月家でいただけるなんて、なんてありがたいことでしょう。ずば抜けた力を持っているのに、それに驕《おご》ることもなく。ねえ、澪さん、これを受け取ってくださらない？』

『お、お母さま、結構です。金も真珠もお片付けになってくださいまし！』

幼いころに顔を失った息子の素顔に再び相まみえることができるのを、弥生は涙を流して喜び、澪に何度も礼を言った。恐縮する澪に、金庫に仕舞われていた弥生の財産を渡そうとしたくらいだ。

はしゃいでいたのは一嘉も同じだった。

『澪さま！』

『一嘉さん、どうかなさって？』

『暁斗さまは今日も麗しいですねえ』

『あら、いきなり』

『僕、嬉しくてたまらないんです。お仕えしようと決めた澪さまにあんな力があったなんて！　きっと暁斗さまもお喜びですよ』

『そうかしら』

『そうです。あの方は無口ですが、内心では絶対に嬉しく思われているはずです！』

『それは一嘉さんのお気持ちではなくて？』

『澪さまは手厳しいなあ。さすが暁斗さまの奥さままでです！』

屋敷の使用人も、自分たちの主人が仮面を被らずにいられるようになったことをことのほか喜んだ。特に、暁斗が傷を負った直後から仕えているヨネは、旦那さまの素顔を知り腰を抜かした。

『まさかあんなに美しい方だったなんてねえ……お怪我をされていたなんてもったいないことだよ』

しかし、当の暁斗と言えば、失明していた瞳の視力が戻ったことを最重視していた。恐ろしいほどの美貌も暁斗をたじろがせることはなかった。「目と鼻と口があればいい」と、鏡に映った自身の姿を見て、素っ気なく言い放ったくらいだ。ずっと仮面をつけていたせいで、どこかが麻痺してしまったのかもしれない。

こんな風に、秋月家の毎日は穏やかに過ぎていく――はずだった。

それに、最初に気が付いたのは澪だった。

「暁斗さん」

「なんだ、澪」

「あの、こんなことを申し上げるのは失礼かもしれませんが」

今日は、暁斗は職務の空き時間を利用して、澪に書を教えていた。澪は知識面ではほかの令嬢に負けないほどになってきていたが、実技面はまだまだあやしい。

澪が暁斗の顔を治して以来、二人は少し距離を縮めた。死ぬまで秘めようと誓った想いだとしても、澪の役に立つのはやぶさかではない。暁斗はそう考えたのだ。

「お顔に傷跡のようなものが……」

「なに？」

澪に鏡を差し出され、暁斗は素直にそれをのぞく。

顔が元に戻ったのを確認してからは、鏡に接するのも久々だった。

「……確かに」

目元から頬まで、うっすらと肉が盛り上がりかけている。まるで、あの傷跡のような……。

「どこかでぶつけたのかもしれぬ。気を付けよう」

素っ気なく鏡を戻されて、澪はもじもじと両手をこすり合わせた。それから、意を決したように暁斗の方を見る。

「いえ、あの、それはぶつけたのではないと思います。三日前、暁斗さんにご挨拶したときはもっと小さな傷だったんです。それが、お顔を見るたびに大きくなって……ほかにも目立たないですが傷が増えています。目の色も霞《かすみ》がかかっておられますし……もしかしてまた目がお悪くなってきてはおられませんか？」

暁斗が、む、と眉を寄せる。

確かに、視界の隅に影が映ることが増えた。気のせいだと思うようにしていたが。

「傷跡が元に戻りかけている。そんな気がするんです。不敬なことを申し訳ありません。でも、わたし、暁斗さんが心配で。試しにお顔に触れてもかまいませんか？」

「きみは心配性だな。いいだろう。触ってみなさい」

磨き抜かれた象牙もかくやとばかりの肌の上に盛り上がった傷跡。そこに澪がそっと指先を当てる。すると、ぽわりと優しい光が生まれ、すぐに盛り上がりはなだらかになった。

「やっぱり……！」

澪が悲しげな声を上げた。

「治しきれていなかったんですね。わたしでは力が足りなかったのでしょうか。たとえばわたしではなく、佳蓮なら」

「馬鹿なことを言うな。この力を持つのは帝都にきみ一人だ。誰かと比べる必要はない。きみの力が弱いのではなく、私にかけられている呪いが強いだけだ」

「呪い？　あやかしとの戦いでできた傷跡ではなかったのですか？」

澪に尋ねられ、暁斗は曖昧に首を振る。

「――あれは、とても強いあやかしでな、父を殺し、私の顔をめちゃくちゃにしただけではない。その傷に呪いをかけた。傷が永遠に癒えぬように。解呪しようと試みたことは何度もあるが、すべて失敗に終わったよ。成功したのはきみだけだ」

「成功しておりません！　またお顔に傷が。目も」

澪の指先が暁斗の目元にも触れる。ほんのりと白くなりかけていたそこが、元の銀色を取り戻した。

「いい。解けぬ呪いならそれでもいい。母にも成長した顔を一目見せることができた。きみにも私の本来の顔を確認させた。あとは、また仮面の生活に戻るだけだ」

「そんな……では、わたしにその呪いを解かせてくださいまし」

「きみが？」

「暁斗さんはわたしが癒しの手の持ち主だとおっしゃってくださいました。この手をどうか暁斗さんのために使わせてくださいまし」

澪が頭を下げる。

「あのときは偶然、暁斗さんのことを癒させていただきました。ならば今回は、わたしの意志を持ってこの手を使わせていただきます」


自室に戻り、座る暁斗の前に、向かい合わせの形で澪が着座する。

暁斗が、まだこういったことの経験の少ない澪へと説明を始めた。

「呪いは目に見えぬものだが、術師ならば概念をつかむことができる。私は顔に黒い種のようなものが植わっている。それを取り除ければ呪いは完全に解ける。ただ、きみの力で種もなくなったと思っていたが……」

「今はいかがですか？」

「顔が元に戻り、柄にもなく浮かれていたのだろう。こんなことに気づかないなど――種はまだ、私の中に植え付けられたままだ」

「やはり……申し訳ありません」

「きみが謝ることではない。私の甘さが原因だ。では、澪、きみもその『種』を把握してみたまえ。解呪はそこから始まる」

そこまで言った暁斗の前に、「かしこまりました」と、澪が右手をかざした。

溢れる光が、暁斗の全身を包んでいく。

「ひたいにもう一つの目があるような心持ちで、私の奥を探りなさい。ただし、けして無理はするな。きみの能力は未知数な部分が多い。少しでも体に負担を感じたら、すぐに引き返したまえ」

「はい」

澪が目をつぶる。そして、暁斗の中にある物を引き寄せるようにかざした手の指先を動かした。

「ああ、わかりました……黒い粒があります……嫌な雰囲気……」

「こんなすぐに？　きみは才があるな」

「これを、どのようにすれば？」

「きみの手の力で潰すなり砕くなりすればいい。それで取り除けるはずだ」

「承知いたしました」

澪の眉間に皺《しわ》が寄る。

五本の指が等間隔にぴんと広げられた。

暁斗は、先日と同じような快いあたたかさを顔に感じる。

まるで、澪そのものだと思う。

「もう少し……指を伸ばして……捕まえるの……」

澪の手から放たれる光が強くなっていくたびに、呪いの核はぐらつく。

あれだけ強固に根を張っていたものを、澪は揺るがすことができるのだ。そのことに、今更ながら暁斗は驚いていた。

「……捕まえた！　このまま、このまま……」

しかし、暁斗は澪の語尾がかすれたことが気になった。

呼吸もいつもより荒い。まるで、熱を持っているようだ。

「澪、しつこいようだが無理はするな」

「いいえ、無理など。もう少しなんです、もう少し……」

澪の指先がぶるぶると震える。うう、と呻き声が澪の唇から漏れた。

そして、数秒の間を置いたところで、その体がなんの前触れもなく床に倒れ込んだ。

とすんと軽い音とともに、着物の鮮やかな色が畳の上に散る。

「澪！」

投げ出された体に暁斗が手をかけるが、澪は答えない。目は固く閉じられたままで、血の気のない肌は、暁斗が何度か見たことがある死人を彷彿とさせた。

「どうした！」

暁斗の心臓が早鐘を打つ。

――澪になにが？

それればかりが暁斗の脳裏をかけめぐった。

焦る暁斗に何度か声をかけられ、ようやく澪が瞼を上げる。

「暁斗さん……申し訳ありません……ぼんやりして……」

「医者を呼ぶぞ」

立ち上がろうとする暁斗を押しとどめて、澪がゆっくりと体を起こす。青白い顔色を押し隠すように、微笑みを浮かべながら。

「大丈夫です。次は上手にいたします」

ふうふうと息を整えつつ、澪はひたいに浮かぶ汗を袖口で拭った。その間も、笑顔を崩すことはない。

「もういい。きみがそこまですることはない」

「そんなことおっしゃらないで。わたしが受けたご恩を返したいんです」

再び、澪が暁斗の方へと手を伸ばす。

しかし、その手はぱたりと落ちる。先ほど倒れたときに感じたのと同じ、神経をえぐるような痛みが肩から指先へと走ったのだ。

「痛っ」

口にしてから、澪がはっと目を見開いた。

耐え抜こうと思っていたのに、声が出てしまった――。

「澪……」

「違うんです。ご心配なさらないで。さ、座っていてくださいまし。続きをいたしますから」

「やめろ」

暁斗が静かに告げる。それに澪は聞こえなかったふりをして、暁斗へと手をかざそうとした。

「やめろと言ったのが聞こえないのか」

澪の手が、がっしりした暁斗の腕に阻まれる。

「でも、本当にもう少しなんです。お待たせしてしまってお腹立ちなのかもしれませんが、きっと、やってみせます」

澪の手をつかんだまま、暁斗はしばらく沈黙した。

言葉を発する代わりに、いくつもの感情がその目の奥に浮かんでいるところまでは澪にも理解できた。だが、それがどういった種類のものなのかまではわからない。ただ、喜びや満足といった明るいものではないのは確かだ。

「暁斗さん……」

困った澪が、暁斗の名を呼ぶ。

これまでの生活で、二人は以前よりは心安くなっていると澪は思っていた。瞳の奥に秘めた感情も、教えてくれると思ったのだ。

だが、澪を襲ったのは容赦のない無慈悲な言葉の嵐だった。

「――多少は期待したが、やはり相馬家の長女はできそこないだな。こんな中途半端な力がなんの役に立つ。いや、ひとときでも希望を持たせた分、かえって質《たち》が悪い」

「え」

「間抜けな顔をするな。できそこないめ。もう私にはかまうな。部屋から出ていけ。気分が悪い」

「暁斗さん、そんなことをおっしゃらないで。わたし、がんばりますから。わたしの体が駄目になっても、暁斗さんを元通りにいたしますから」

「黙れ。出て行けと言っている。私の命令に逆らうのか？」

「……いいえ。暁斗さんの仰せにならら、わたしはどんなことでも従います」

やっとそれだけ形にした澪に、暁斗はさらに追い打ちをかける。

「それでいい。さっさと部屋に帰れ！」

澪が大きく目を見開いた。泣こうとして、流す涙を忘れてしまったような顔だった。

「帰れ！」

「かしこまりました……」

澪がゆらりと立ち上がる。

そして、暁斗に向かい一礼をしてから部屋を出ていく。

襖が、ゆっくりと閉められた。

部屋に一人きりになり――それまで険しい表情をしていた暁斗が、不意に唇を噛んだ。

「すまない、澪」

傷つけたくなかった。できるものなら、真綿のゆりかごに寝かしつけ、相馬家で受けた悲しい思い出を取り去ってやりたかった。

「それを……私は……」

だが、ああ言わなければ、澪は意地でも解呪を続けていただろう。

痛みや苦しみを押し殺しながら。

癒しの力はまだ、どんなものか未知数だ。使うことでどれだけ術者に負担がかかるかわからない。だが、澪はきっと正直に自分の状態を申告することはないだろう。先ほどのことでそれはわかった。

「私は、そんなことは望んでいない」

暁斗がひとりごちる。

「私が望むのはきみの幸せだ。苦痛ではない」

暁斗の大きな手のひらが、自らの胸元を撫でた。

これから澪は自分によそよそしくなるに違いない。それも、あれだけのことを言ったのだから仕方がない。出会ったころの関係に戻るだけだ。

いや、そもそも、自分は孤独には慣れているはずだった。

「なのに、なぜだろうな、これほど胸が痛むのは」

もう、きっと、あの笑顔を見ることはできない。

その事実は、暁斗の胸を深く貫いていた。

「うっ……ぐすっ……」

押し殺した泣き声が澪の部屋に満ちる。

◇◇◇

『できそこない』

暁斗に言われたのは初めてだった。言われ慣れた言葉のはずなのに、どうしてこんなに苦しいのだろう。

誰に言われたときより、今がつらい。

「わたし、暁斗さんを失望させてしまった……」

暁斗の傷を癒せたときは本当に嬉しかった。

大切な恩人の目が元に戻った瞬間の気持ちを、ずっと忘れることはない。自身の手にそれを助ける力があった喜びも。

あの一瞬、生きていてよかったと心から思った瞬間、そして、これからも暁斗のために身を尽くそうと決心した瞬間。それは光り輝いていて、ずっと続いていくのだと思えた。

「でも、そんなの、思い上がりだったわ」

暁斗の傷は再発を始め、呪いの根を解呪することは自分にはできなかった。

最後に見た暁斗の厳しい表情が頭を離れない。美しい顔を冷たく歪ませ、澪を罵る……。

――あんなお顔をさせてしまったのはわたし。全部わたしが悪いの。期待外れのことしかできない……できそこない。

澪がベッドの上に泣き伏せる。

どうしてわたしはこんな風に生まれてしまったの？　なにもかも、うまくいかないの？　やっと得られたと思ったものも、手のひらからこぼれていく。つかまえたいのに、わたしの手では届かない。少しでも希望を持てば、おまえには分不相応だと叩きのめされる。せっかく、ないと思っていた異能で、暁斗さんのお役に立てると思ったのに。

「癒しの力なんて……暁斗さんを治せないのなら、意味がないの……」

しゃくりあげながら澪が顔を上げる。

泣いてもどうにもならないことはわかっている。それでも、涙は止まることがない。

一度は願いがかなったとはしゃいだ分、失った痛みはその倍になって澪を襲った。

「もう、わたしなんてこの家にいない方がいいのかしら。暁斗さんはわたしを見るだけでご不快よね。ああ、でも」

お母さま。

澪の口から、頼りなげな音がこぼれる。

のろのろと、澪が体を動かして立ち上がる。そして、鏡台の奥から珊瑚のかんざしを取り出す。

「わたしを秋月家の人間として認めてくださったお母さま……わたしが急にいなくなったらきっと驚かれるわ……お体の具合がまた悪くなってしまうかも……」

澪の頰を、涙の粒がいくつも滑り落ちていく。

それはだめ。

わたしを娘と言ってくれた人。暁斗さんと同じように、心からお仕えしたい人。わたしの、お母さま。

「……ならせめて、わたしは秋月家の妻として過ごしましょう。暁斗さんからいらない、と言われるまで……秋月家にお仕えするわ」

澪が涙を拭きながらかんざしを見つめた。

一度は身近に感じられたそれは、今では遠い遠いものとなっていた。

◇◇◇

「若奥さま、今日はもうよろしいですよ」

前掛けで手を拭いながら、ヨネが澪に声をかける。

「あら、ヨネさん。でも洗い物がこんなに残っているわ」

「それはヨネがやります」

「まさか……」

澪がむうっと唇を尖らせる。

「また下働きはいけないとお叱りになるの？　暁斗さんに了解をいただいたのは、ヨネさんも見ていたと思うのだけど……」

「違いますよ」

ヨネが言いづらそうに前掛けの布を揉む。

「そのぅ……若奥さま、眠れていないんじゃありませんか」

「えっ、どうして」

正解を言い当てられ、澪が反射的に身構える。

あの日から、澪にとって睡眠は安らぎの場ではなくなった。目を閉じ、眠りに落ちれば、相馬家で過ごした日々が夢となって襲いかかってくる。だが、それより質が悪いのは、夢の中でも暁斗が相馬家から助け出してくれることだ。そして、うまくいったかと思える日々。なのに、最後には必ず——澪は暁斗の不興を買い「できそこない」と見捨てられる。

安らぎのあとの絶望は、ただの絶望より純度が高い。

澪は、眠りに逃げることさえできなくなったのだ。

「やっぱり。ここのところいつも、目が真っ赤なんですよ。それに、腫れぼったいし」

「やだ」

澪が、ぱっと手を目元にやる。

それは眠れないから、だけではない。一人になるとふと涙が溢れてしまうからだ。

暁斗に幻滅された不甲斐ない自分が、なに一つ満足にできない自分が、悲しくてならないのだ。

「そんなに目立たないと思っていたけど」

「目立ちますよ」

きっぱりとヨネに言い切られ、澪の眉がへにゃんと垂れさがる。

「病気かもとも思いましたが、若奥さまに心当たりがあるようじゃ、その気がかりはなさそうですね」

「ちょっと寝つきが悪いだけなの。たいしたことじゃありません」

「ちょっとって顔じゃないですがね。どうしたんですか。お体の具合でも？」

ヨネの問いかけに、澪は言葉を失ってしまった。

あの日の出来事を思い出してしまったのだ。

「どうも……しないわ。大丈夫。本当に大丈夫です」

「若奥さま、お顔が青いですよ」

「そう？　もうヨネさんは気にしないで。とにかくお皿はわたしに任せてください。全部洗って、ぴかぴかに拭いておきます」

「えぇ……」

「今日は早く寝ますから、ヨネさんは心配しないでください」

にっこりと澪に微笑まれ、不承不承、といった形でヨネは前掛けから手を離す。

「若奥さまがそうまでおっしゃるなら……それじゃあ、ヨネは洗濯をして参りますけど、お体に障りがあったらすぐにおっしゃってくださいね。いえ、その前に一休みしてくださいね。若奥さまは下働きと勉強と、働きすぎなんですよ」

小言を言いながら、庭の水くみ場にヨネが移動していく。

それとともに、澪の笑顔が消え去った。

——こんなことでは駄目なのに。でも、もう、わからないのよ。


澪の変化はこれだけではなかった。

「澪が上の空、だと？」

澪の教師の一人に相談を受けた暁斗が思わず聞き返す。

暁斗は、話があるという教師に呼び止められ、彼を来客用の洋室に通していた。

「左様でございます。心ここにあらずというか……」

そう切り出され、暁斗は腕を組む。

「課題などはいつも通りきちんと出してくださいます。悪ふざけをなさるわけでもありません。ただ、いつもどこかぼんやりしていらっしゃる。寝不足のようにも見受けられる。あの熱心だった澪さまが、これは様子がおかしいと申し上げた次第です」

「それほどか」

「はい。特に、眼差しがこれまでと違うのです。澪さまは、いきいきと輝き、学びたいと語りかけるような眼差しをしておられました。それが曇ってしまわれたような。失礼ですが、ほかの教師からはこのような意見は出ておりませんでしょうか。私にだけあのお振る舞いなら、なにか失礼をしたのでは、と不安なのですが」

「なるほど。あなたをいたずらに悩ませるのは趣味ではないので言っておく。確かに、ほかの教師からもそのようなことは聞いている」

「よかった……とも言えませんね。澪さまはいかがなされたのか」

思い悩む様子の教師とは反対に、暁斗には心当たりがあった。

苛立ちを表に出さぬよう、かちりと歯を噛み合わせる。

――澪の様子が変わったとしたら、恐らくは私の責任だろう。私は澪に、彼女が一番聞きたくない言葉を投げつけた。

あんなことは言いたくなかった。それでも、澪のためにと心を鬼にした。その弊害がこんなところにまで出ているとは。

澪の様子がおかしいという声は、暁斗が言った通り、ほかの教師からも上がっていた。

これまでの澪の真面目さを裏付けるように、彼女を責める者は皆無で、全員が体調や心境の変化を心配していた。女性教師の中には懐妊をほのめかした者もいる。

それらの大部分に対して、暁斗は返す言葉を持たなかった。

唯一、懐妊だけは明確に否定できたが……。

けれど、どうすればいい。

澪を肯定し、自信をつけさせるのは簡単だ。きみの癒しの才が必要だと言えばいい。実際、癒しの力を抜きにしても暁斗は澪をかけがえのない女性だと思っている。だが、それを告げるのは許されないことだ。

この想いこそが澪への毒になるのなら、自分一人が悪者になればいいと思っていた。だというのに、まさか、澪がここまで神経を痛めてしまうとは……やはり、あれは言ってはならない言葉だった。しかし、今更後悔しても遅い。もう取り返しはつかないし、言い訳をするつもりもない。

暁斗は白いひたいに落ちた銀の髪をかき上げる。

そういえば、この容貌の変化も教師たちを随分驚かせたものだ。しかし、その驚きは好意的なものだった。どうやら、自分の顔立ちはそうとう美しいようだ。

暁斗は他人事のようにそう思う。いや、美醜に関してのみならば限りなく他人事だが、他者が忌避せずに自身の容姿を受け入れてくれるという体験は、事実、暁斗のかたくなな精神をやわらげた。

それも、なにもかも澪のおかげだというのに、私は彼女を傷つけてばかりいる――。

暁斗は胸の奥を突き上げる苦しみをなんとやりすごしながら、教師へと答えた。

「澪はまだ少女だ。ときには気まぐれを起こすこともあるのではないか？　もともと勉学には無縁の娘であったし、疲れもあるのかもしれない」

「確かに……これまで澪さまはご無理をされていたのかも」

「とはいえ、授業に上の空でいていいものでもない。態度が改善しないようならば私からも言いつける。それを念頭に置いて、しばらく様子を見てはくれないか」

「承知いたしました。お時間を取らせ、申し訳ありませんでした」

「かまわない。今後も、澪のことでなにかあったら遠慮なく申し出たまえ」

頭を下げる教師に、鷹揚に暁斗が答える。

「ありがとうございます。それでは、失礼いたします」

教師が洋室を出ていく。

廊下へと向かった彼はこちらへ向き直り、礼儀正しく襖を閉めた。

それを見届け、暁斗はずるずると椅子に座り込んだ。教師と接していたときの堂々とした様子が嘘のようだ。

いつもきりりと伸ばされている背筋が丸まる。

途方に暮れたように、美しい顔が下を向く。

先ほど教師に伝えたのは、暁斗が自分に言い聞かせたことでもある。

しばらく様子を見れば。

時間がたてば。

澪も元に戻るかもしれない。

「なんて手前勝手な思考だ……」

他人につけられた傷がどれだけ痛むか、さんざん醜さを嘲笑されてきた自分が理解できないわけでもなかろうに。

「それでも、私は願うほかない。彼女の心が回復することを」

下を向いたまま、暁斗がひとりごちる。

長い間そうしていた暁斗の姿勢を変えさせたのは、襖の向こうから聞こえた声だった。

「暁斗さま、こちらにいらっしゃいますか」

「なんだ、一嘉」

応じながら、暁斗が態勢を整える。背は優雅に背もたれに預けられ、顔も前へと向けられる。

「いらっしゃいましたね。失礼します」

襖を開けて一嘉が入ってくる。そして、座る暁斗の横にとことこと歩み寄った。

「今そこで、澪さまの先生に行き合いました。澪さまのこと、案じておられましたよ」

「おまえまでそれか」

「だって、僕は澪さまのお世話係です。暁斗さまから澪さまに目配りすることを言いつかっております」

胸を張る一嘉に、暁斗は「頭が痛い」とばかりに首を振る。

「僕も、澪さまの様子はおかしいと思います。ぼんやりされたり、かといえば突然涙ぐんだり。ヨネさんも大奥さまも変だと言っていました」

「それがどうした」

「暁斗さまはなにかご存じではないかと」

「なぜ私に聞く」

「癒しの力の一件以来、お二人が親しくなったようにみえたからです。だけど、最近はお互いを避けてるみたいで、気になって……」

「愚考だな」

冷たく切り捨てられても一嘉はくじけない。

「お二人は僕の大切なご主人方です。澪さまもです。その方に変化があるのなら僕にとって一大事です。暁斗さまはご心配ではないのですか？」

少年らしいまっすぐな眼差しで問われ、暁斗は目の前のテーブルへとこぶしを叩きつける。止まらぬもどかしさが喉を駆け上がる。

「おまえになにがわかる！」

大声を浴びせられ、びく、と一嘉が体をすくませた。

「も、申し訳ありません。出すぎました。でも、僕……晄斗さまのお顔にまた傷も増えてきたし、澪さまがなにか……」

主人の唐突な怒りに臆しながらも、一嘉はなんとかそれだけを口にする。

一嘉の言う通り、晄斗の顔の傷は再び目立ち始めていた。

それは、晄斗が澪から癒されることを拒絶しているからだが、一嘉は知る由もない。

「私の顔？　くだらないことを」

吐き捨ててから、晄斗は一嘉を見もせずに椅子から立ち上がった。

「晄斗さま……」

一嘉が、心細げに晄斗を見上げる。

晄斗は改めて一嘉を見下ろし――しばらくの間のあと、深く嘆息をした。

「――いや、すまない。悪かった。おまえを叱責する必要はなかった。いけないな。気が立っている」

そして、物憂げに長いまつげを伏せて言う。

「私は今から自室にこもる。おまえは勉強でもしていなさい」

「というわけなんです！　大奥さま！」

離れに上がり込んだ一嘉が、前のめりになって弥生に報告する。

布団の上に置きあがった弥生が、乱れた髪を撫でつけながら一嘉にうなずきかけた。

「まあ、そんなことが。ごめんなさいね。わたくしが余計なことを言ったから。澪さんの様子を見てあげて、なんて」

そして、微苦笑する。年よりは若く見える弥生だが、そうすれば相応の年齢の痕跡が目元に浮かんだ。

「澪さんはときどきわたくしのところにも来てくださるけれど、最近はなんだかおかしいんですもの。あんなに潑剌《はつらつ》と笑っていた方が、青い顔をして、心ここにあらずといった感じで……」

「大奥さまはお気になさらず。僕もおかしいなって思ってたんです。だって、あの澪さまがお勝手でお皿を割ったんですよ！　それも二枚も！　ヨネさんは怒るのを通り越しておろおろしてるし……誰だって気がかりですよ」

「そうね。澪さんはとてもいいお嬢さんだものね。その方が調子を崩せば、まわりも何事かと思うわ。……もしかしたら、澪さんと暁斗さんの間にいさかいでもあったのかしら。でも、あの澪さんが人と争うとは考えづらいわね。一嘉さんはなにか心当たりはある？」

勢いよく話し出した一嘉に、布団の上から弥生が尋ねる。

一嘉がぷるぷると首を振った。

「まったくないです。澪さまは謙虚で、なんの不平不満もおっしゃらない素晴らしい奥さまです。暁斗さまも、口数は少ないですが、けして澪さまをないがしろにしてはおられないかと。この前も、澪さまの作ったお団子を褒めていました」

澪が離れに持ってきたみたらし団子のことを思い出して、弥生がふっと表情を軽くする。暁斗は餡よりみたらしの方が好きだと言っていた、と、母の弥生も知らないことまで澪は教えてくれた。そうやって好物で繋がることができているなら、二人の関係はけして険悪なものではないはずだ。

「あのお団子はわたくしもいただいたわ。おいしかったわねえ」

「僕も澪さまのお団子が大好きです！」

味を思い浮かべるように目をつぶる一嘉を見て、弥生が微笑んだ。

と、ぱちんと一嘉が目を見開く。

弥生が、思わず「一嘉さん？」といぶかしげに呼びかけた。

「はい、大奥さま。ただ、その――気になることはあると言えばあります。暁斗さまのことですが」

「どんなことかしら」

それまでの無邪気な面差しを一転させ、一嘉が視線を畳の上に落とす。

「先ほどもちょっとお話ししましたが、暁斗さまのお顔の傷がだんだん増えているんです。見間違いじゃありません」

「傷……大きないくさでもあって？」

「いいえ。最近は穏やかなものです。内裏からのお召しも少ないので、暁斗さまは家におられる時間が多いです。めずらしいですね」

「そうなのね。あの子はわたくしにはなにも話さないから……ここにはほとんど来ないし……あら、ではどうして、暁斗さんの顔に傷が？」

「だんだん増えているとは言いましたが、新しくできた傷には見えないんです。昔の傷が少しずつ元に戻ってきているような。目も、以前よりお悪くなっている感じです」

「治った方の目が？」

「はい」

「それでは、申し訳ないけれど、また澪さんに治してもらったらよろしいのではなくて？」

「そう申し上げたら、お伝えしたように大変なお叱りを受けて……」

肩を落とす一嘉に、あらあら、と弥生が頰に手を当てた。

「澪さんを軽んじていると受け取ったのかしら。治療のための道具にしていると」

痛みのこもった弥生の声を耳にして、一嘉は急いで否定する。

「あ、そういう風ではなかったです」

「一嘉さんを叱りつけたのでしょう？」

「だけど、ええと、そうですね、ただお怒りなのではなく、悲しそうに見えました。僕が自分をみなしごだと知ったときのような」

「あの日、一嘉さんはとても悲観されたものね」

「でも、今では秋月家の書生になれてよかったと思っています。幼子を捨てるなんて、まともな親じゃありません」

一嘉があからさまに顔をしかめると、弥生がゆっくりと首を左右させ、優しく唇を開いた。

「だめよ」

「大奥さま？」

「親御さんにそんなことを言ってはだめよ。どんな事情があったかはわからないけれど、一嘉さんを手放すのは死ぬよりつらいことだったかもしれない。だから、あなただけでも親御さんの味方でいて差し上げなくては」

「は、はい！　大奥さま！　すみません！　孝養の心を忘れるところでした！」

棒を差し込まれたように背中をまっすぐにした一嘉が、何度も頭を縦に動かす。

「いいのよ。一嘉さんは素直ねえ。暁斗さんに弟がいたら、きっと一嘉さんみたいな子だったでしょうねえ」

「光栄の極みです！」

身を乗り出して笑う一嘉が微笑ましく、弥生もまた、口元に笑みを刷《は》いた。

「わたくし、今とても幸せなのよ。大人になった暁斗さんの顔を見ることができたし、一嘉さんは相変わらずかわいい。その上、澪さんという娘まで来てくれたの。この役立たずの心臓が動いているうちに、こんなに全部の願いが叶うなんて思ってもみなかったのよ」

そこまで言って、弥生は眼差しを曇らせる。暁斗とよく似た長いまつげが何度か羽ばたいた。

「だからこそ、ね、わたくしは澪さんのことが心配なの」

「大奥さま……」

　なんと言ったらいいか口ごもる一嘉に、弥生はあくまで穏やかに語りかける。

「一嘉さんの伝えてくれた通り、暁斗さんの傷が増えたというのも気になるわ。ただ、それが本当でも、暁斗さんの気性なら自分でなんとかしたいと考えるでしょうし、わたくしたちの口出しはきっと喜ばないでしょう。でも、澪さんは――」

　弥生の痩せた指先が、絹の布団の表地を握り締めた。そして、ひとときの黙したあと、先を続ける。

「こんなことを申し上げるのは失礼だけど、澪さんはご実家にはあまり頼れない方。かといって、わたくしに野放図に甘えるのもよしとしない、華族の令嬢らしい誇りのある方。もしも暁斗さんと行き違いがあったら、きっと自分の胸一つに沈めてしまうでしょうねえ」

「そうでしょうか」

　今一つよくわかっていない一嘉に言い聞かせるように、弥生は言葉を継いでいく。

「そうよ。これでも昔は社交界に出ていたわたくしですもの。若い女性のこともそれなりにわかるつもりよ。だからといって、澪さんのこの先をどうしたらいいかまでは思いつかないわ。中途半端に知恵があっても、仕方がないものね……」

「あの、僕になにかできることがあれば」

「ありがとう。でも」

弥生がそこで目線を上にやる。しばらく、離れには鳥の鳴き声だけが聞こえた。

一嘉が息を呑んで見守る中、弥生がぐるりと視線をめぐらす。そして、再びそれを一嘉へと据えた。

「――こんなにお話に付き合ってもらったのに、ごめんなさい。今のわたくしたちにできるのは見守ることだけかもしれないと、今、思ったの。見守って、澪さんがお困りならすぐに手を伸ばす……それがいいのかもしれないと。しつこく口出しをされたら、かえって言いたくない気持ちになるかもしれないし……。一嘉さん、もし、また澪さんの様子に変化があったら、わたくしに教えてくださる？　そのときは、ここに味方がいることだけでもお伝えしたいの」

そう言いながら、弥生が自分の胸元をとんとんと叩いた。

もちろんです、と一嘉が同意する。

弥生は、それ以上を言わずに端然と微笑《わら》った。

第四章　帝都の休日

「ごめんなさい、ごめんなさ……あ、夢……？　夢、なのね……」

今夜も、悪夢に追い立てられた澪は、ベッドの上で跳ね起き、しばらく荒い息を整えるのに苦心した。

今日の夢は、いくら癒しの力を注いでも暁斗の怪我が治らない夢だ。血まみれの暁斗は血を吐きながら澪を罵り、呪いながら死んでいく。

『できそこないめ！　妻になどせねばよかった！』

喉にも血を絡ませて、荒れた声で叫びたてる暁斗は恐ろしく、それ以上に澪は悲しかった。暁斗に自分が捧げられるのは癒しの力だけだ。なのに、それがなくなっては、もう自分にはなんの意味もない。

生まれてこなければよかった。かつて、悠衣子に投げつけられた言葉を、夢の中の澪は、無意識のうちに復唱していた。

そして、夢から覚めても、その感情は澪を支配し続けた。

「わたしはできそこない……こんなによくしてもらえる娘ではないの」

頬を転がり落ちた涙が、絹のシーツにしみ込む。

リネンはいつものように清潔で、シャボンの香りが淡く漂っている。それすらもつらくて、澪はベッドから床へと足を下ろした。ふかふかとしたスリッパが小さな足を迎えてくれる。

「上等のものばかり。申し訳ない……」

そのまま数歩、部屋の中を歩き回った澪は、寝間着の上にガウンを羽織った。

——眠れないわ。

月光は窓から差し込み、昼とは違う銀色の光の世界が外に広がる。

夜の静けさは、澪の心をほんの少し穏やかにした。

「散歩でもしてきましょう。歩けばいくらかは気分が変わるかも」

ガウンの袖口で涙を押さえた澪が、足音をひそめて庭に向かう。これまでも、眠れないときは庭を歩くことにしていた。丁寧に剪定された木々や、月を映す池の水面は、揺れる感情を静めてくれる。

外履き用の草履に足を入れ、澪はひっそりと庭を歩き回る。

いきいきと芽吹く木の芽の青さが、今日は特に心に沁みた。

「あなたみたいにまっすぐ芽吹くことができれば……」

澪の細い指先が新芽に伸びた。

「きっと、大きな葉をつけるのでしょうね。それともお花かしら」

——わたしも、花を開かせたかった。ここにいてもいいと言われたかった。でも、無理な望みなのよ。

「そういえば、暁斗さんとこうしていたこともあったわ」

池の端にかがみ込み、澪が水面を見下ろす。

「嬉しかったわね。暁斗さんのお言葉……わたしのつたない手紙を褒めてくださって」

治まりかけた涙が、また、澪の瞳を潤ませる。

「ずっと続けばよかった……癒しの力なんて大それたものがなくても、暁斗さんとお手紙を交わすことができたらそれでよかったのに……」

水面にぽたぽたと涙粒が落ち、波紋を描く。丸かったはずの月が歪んだ。

「もう、お手紙をお渡しする相手はいないわ。いなくなってしまったのよ……！」

そのまま、しばらく水面を眺めていた澪がごしごしと涙を拭く。

「……お部屋に帰りましょう。これでは散歩する意味もないもの。馬鹿ね、本当に、わたしは」

澪がゆっくりと立ち上がる。そうして、部屋へと戻ろうとしたとき——。

「あの声は、一嘉さん？　それに暁斗さん……？」

男にしては少し高めの声と、低くつやのある声が、生け垣の向こうで交差していた。

「こんな時間にどうしたのかしら？　お二人とも眠れないのかしら」

考えても仕方がないわ、と澪が再び歩き出そうとして、ぴたりと足を止めた。「澪さま」と一嘉が口にしたのが聞こえたからだ。

「暁斗さま、それでは残酷すぎます！　現に澪さまは調子を崩されています！　しかも、僕たちにも真実をお教えくださらないなんて！」

「おまえがそう剣突《けんつく》を食らわせるだろうから言いたくなかったんだ。だがこれで納得したろう？　もう寝ろ」

——澪さま？　わたしのこと？

澪はその場に隠れながら、生け垣の向こう側を静かにうかがう。

どうやら、一嘉と暁斗はそこで言い争っているらしかった。

「寝ません！　澪さまにそう仰せになってください。理由がわかれば、澪さまもご気分をやわらげるはずです」

「いい。夜中に私を起こしてまで言いたいことがそれか？　一嘉、おまえは従者の領分を勘違いしていないか」

「僕は暁斗さまの従者であり、澪さまの従者でもあります。主がつらい目にあっている のを見過ごすことはできません」

「面倒な……では、澪に言えと？　私の顔を本来の意味で癒すには命を削る必要がある。それでも、この顔を元に戻せと？」

なんですって⁉

澪の肩がびくりと持ち上がった。

一嘉と暁斗は澪が聞いていることに気づかず、話を続ける。

「それは……」

一嘉が口ごもる。

「私にかけられた呪いは強い。澪の癒しの力でも、ただ触れるだけでは治せない。命がけの解呪になる。おまえは澪の生命を犠牲にしてまで解呪をしたいか？　私はしたくない。たかが顔一つだ。今まで通り、仮面を被って過ごせばいい」

「では、せめて、見限るとおっしゃった本当の理由を澪さまにお話しになってください。このままでは澪さまがお気の毒です」

「なるほど。澪に、自らの命と私の顔のどちらかを選ばせるのか。あれは忠義を尽くす娘だ。もし私の顔を選んだらどうする？　選ばずとも、きっとずっと澪は考え続ける。私を治す手立ては自らの手の中にあると考える。考えて……なんらかの交渉に使える娘ならいい。だが、澪はそうではない」

がさり、と枝が鳴った。

暁斗が生け垣の枝を揺すったようだ。

「いつかそれは重荷になるだろう。その方がよほど残酷だ。今こうして、澪をあえて突き放し、私から遠ざけている方がずっといい。私は、誰かに命を懸けられるような人間ではない」

「それでは暁斗さまも澪さまもご不幸すぎます！」

「もとより私は幸福など願っていない。父と引き換えに生き残り――罪を犯した私に、そんなものは似合わない。だが、そうか、澪が不幸か。ならばおまえが気晴らしに付き合ってやれ。帝都には若い娘が好みそうなものが山ほどある。そのうち、仮面をつけた醜い男のことなど忘れるはずだ」

静まり返った庭に、暁斗の声だけが響いた。

澪が、大きく目を見開く。

わたしが、暁斗さんのことを忘れる――？

こんなにも、大切な、大切な。

暁斗さんのことを？

澪の胸に熱いものが沸き上がる。

「忘れません!!」

澪は隠れていた自分の身も顧みず、衝動のままにその場に飛び出した。

「忘れません！　わたしは絶対に、未来永劫《みらいえいごう》、暁斗さんのことを忘れたりしません！」

「澪、いつからそこに」

啞然とされてもひるまず、澪は必死で暁斗に詰め寄る。

「暁斗さん、わたしはもう秋月家の人間です！　暁斗さんの妻です！　暁斗さんのためなら、わたしは、わたしは……！」

一度は止まったはずの涙が、とめどなく溢れてくる。

その先は言葉にならなかった。

やっと見つけたの。お役に立ちたい本当の理由。かんざしを受け取った日に言うべきだったこと。

好きなの。好きなのよ。わたしはずっと、暁斗さんを愛していたんだわ。この体を捨ててもいいくらいに！

「わたしは、暁斗さんのためなら、死んでもいいです」

澪の濡れた双眸が、夜目にもきらきらと輝いた。

一生分の想いを込めた告白だった。

しん、と沈黙の帳《とばり》がしばらく庭園に下りる。

だが、暁斗の口から返ってきたのは、澪が望むような言葉ではなかった。

「冷静になりたまえ。自分をそう軽々しく扱うものではない」

その落ち着いた台詞に、澪は頬がカッと火照るのを感じる。

恥ずかしいことを言ってしまったとも。

そうよ。わたしはできそこない。優しく、教養がおありで、しかも今では美しい容貌さえ得られた暁斗さんに比べたら、平凡でつまらない娘。暁斗さんとの婚姻も、紙に記された契約に過ぎない。暁斗さんが私を丁寧に扱ってくださるのも、あくまで「妻」という存在が必要だから。そんなの初めから知っていたはずなのに、なんて奢ってしまったの。

「私は、きみが死ぬことなど望まない。わかるか？」

ええ。わたしごときの命なんて、暁斗さんは必要としていないわ。でも、わたしは
――。

澪が泣きながら微笑む。

この想いは死ぬまで秘密にしましょう。知られたら暁斗さんのご迷惑になるだけ。だけど、わたし一人、あなたを想い続けることくらいなら、許されるでしょう？

「はい。わかっております。でも、暁斗さん、わたしに力を貸させてください」

「わかっていない。きみはまったくわかっていない」

暁斗が大きく首を振る。

澪が涙に濡れた顔のまま暁斗を見上げた。

月光に照らされた暁斗の顔は、ところどころにむごたらしく傷跡が浮かび上がっていたが、全体としてはまだ美しいままだった。月に染められたような銀色の瞳が澪を見下ろす。片方の目が白く濁りかけているのが、澪は痛ましくてならない。

「あの、僕は退出いたします。あとはお二人で……」

一嘉が二人の様子をうかがい、そっと告げた。

そして、庭園から屋敷へ去っていく。

そうして二人きりになっても、暁斗と澪はしばらく黙ったままだった。

夜の庭園の空気はどこか張り詰め、爪ではじけば音がしそうだ。

……最初に口火を切ったのは澪だった。

「わたしがわかっていないとは、どのような」

「どのようなもなにも……全部だ」

「ぜんぶ」

澪が頑是ない子どもの口調で繰り返す。

「第一、どこから話を聞いていた」

「わたしの命を削れば暁斗さんのお顔を元に戻せるというところから」

なんのてらいもなく澪に言われ、暁斗はこんこんと自らのひたいを叩く。

「まったく、ほとんど最初からではないか……」

「あの、そんなものでよろしければ、わたし」

「二度と言うな」

「暁斗さん？」

「自分の命を『そんなもの』などと、二度と言うな」

どうやら腹を立てているらしい暁斗に、澪は素直にうなずく。

「はい。承知いたしました。あの、どうすれば、わたしは暁斗さんの顔をお治しできますか？」

「きみは私の話を聞いているのか⁉　きみの体に負担を与えることなど、私は希望しない！」

「だって！」

負けじと、澪が声を上げる。秋月家に嫁いで始めて……いや、異能のない「できそこない」だとわかってから初めてした自己主張かもしれない。

「わたしは暁斗さんを治したい！　暁斗さんはそれだけのものをわたしにくださいました！　お願い！　暁斗さんのお役に立てさせて！　嘘でもいいから……妻らしいことをさせてください！」

「嘘で命を投げ出す気か！」

「そうです！　なにもできないと思っていたわたしにそれだけの力があるなら！　命なんていらないわ！」

最後は、半ば叫ぶようだった。

「お願い、お願いです。せめて目だけでも治させてください。片目ではご不自由もあるでしょう。いくさをなさるなら、余計に。わたしに、あなたを癒させて……」

澪の細い指先が、暁斗の目へと伸ばされる。

「どうせ死ぬように生きていたわたしに、意味をくださったのが暁斗さんです。治したいと思ってはいけない？　いただいたものを少しでも返したいと思うのもいけない……？」

丸く見開かれた澪の目から、次々と涙がこぼれ落ちていく。

「わたしの気持ちなんて、不要ですか？」

問われ、暁斗がきつく唇を噛んだ。そして、答える。澪を必要としている内心の葛藤を押し殺し、できるだけ短い語句で。

「不要では……ない」

音がしそうな勢いで澪の顔がほころんだ。

「それなら、それなら……！」

「だが、きみに負担をかけたくないのも事実だ。理解してくれたまえ」

澪は、開きかけた扉を目の前で閉められた気分だった。

暁斗は、けして自分の提案を受け入れてくれない。そうさせてしまう自分の能力の不足が歯がゆい。もっと力があれば、きっと暁斗も「はい」と言ってくれるのに。

すんすんと泣き続ける澪の頭を撫でようと暁斗は手を伸ばしかけ……やめる。それが許されるのは、本物の夫だけだ。

けれど、澪の泣き声は暁斗の胸を激しく叩く。

大切にしたいはずなのに、どうしてこうなってしまうのだろう？

宙を仰ぎ、暁斗はしばらく考える。そして、澪へと視線を戻した。

「澪」

「はい……」

「一つ思いついたことがある。それをきみに頼もう」

「暁斗さん！」

花開く強さで澪が笑う。

やっと、やっと。この人の役に立てる——！

「喜んで！　嬉しい……！　いつがよろしいですか？　わたしは今からでも」

「澪、最後まで話を聞きなさい」

歓喜を隠しきれない澪の言葉を、暁斗は途中で遮る。

「私が頼みたいのは完全な解呪ではない」

「え、それでは」

「この呪いの根は深く、何度も言った通り、解呪はきみの命を削る。私はそこまでして顔を取り戻そうとは思わない」

澪の顔から、瞬時に笑みが消え去った。

結局、この人はわたしにはなにも許してくれないのだ。

最初に出会ったときに、「夫であることだけは求めないでくれたまえ」と宣言したように。

澪の首が垂れ下がる。悲しみを含んだ涙が地面に落ちた。

「違う。誤解しないでくれ」

暁斗の両手が澪の肩をつかんだ。

その手の熱に、澪ははっと顔を上げる。

途端に、暁斗は澪の肩から手を離した。その早さを、澪は少し寂しく思う。

「すまない。なれなれしかった。――きみの癒しの力を、傷跡が目立ち始めたらそのたびに……そうだな、数日に一度程度だろう。傷跡を消すくらいにそそいでくれればいい。ずっときみに頼ることとなって申し訳ないが、それならきみの体に大きな障りもないだろうし、私も君の望み通り傷のない顔を保てる」

「それなら……」

「よし。ほら、やってみたまえ」

暁斗が、ほんの少し体をかがめる。澪は素直に暁斗の頬に手を伸ばした。

もう一つの月が生まれたように、鮮やかな光が二人の間に生まれる。

暁斗の顔の傷も、白濁しかけた眼球も、あっというまに元の形を取り戻した。

「どうだ？　もうなにもないだろう？」

「ええ！　たったこれだけでいいのですか？」

「いい。ただ、長くはもたないから、きみの力をたびたび借りることになるだろうが」

「かまいません！　よかった。暁斗さんの目は本当にお綺麗だから、ずっとそのままでいてほしいんです」

「そうか」

喜ぶ澪は、暁斗の返答に、どこか苦いものが混じっていることには気づかない。

これは呪いの根源的な解決ではない。

暁斗にだけはそれがわかっていた。

けれど、澪があまで思いつめるならどうすればいいか、と思考したうえで提案した妥協策でもあった。

その証拠に、暁斗の視線を通した世界では、暁斗の顔は醜いままだ。澪がどれだけその場その場で傷を癒しても、暁斗は自身の顔を呪いのかかった状態でしか認識できない。つまり、他人には暁斗の顔が美しく見えても、暁斗は以前と同じ状態の自分の顔しか見ることができないのだ。

今も、暁斗からすれば、傷跡と白く濁る目を隠せない顔が池の水鏡に映っている。

足元の小石を暁斗が蹴る。小石は池に落ち、美しさを欠き始めた容貌をさらにいびつにした。まるで自分の未来の姿だ、と暁斗が自嘲する。

自分はこれからずっと、一人きりで醜い己と向き合っていくのだ。今度は、仮面をつけることも許されず。

澪に気づかれないように暁斗が息を吐く。

つらいこともあるだろう。水面や窓ガラスに不意に現れる自身の顔は身をすくませるはずだ。だとしても、澪が自らを犠牲にするなどと言い出さなければ――。

それでいい。

崩れ果てた皮膚一枚と引き換えに、澪を失うことなどあってはならない。

あってはならないのだ。

「そうだ、澪」

「？　なんでしょう」

「これは強制ではないが、自分の力の使い方を学んではみないか？　幸い、秋月家の書物室には異能に関する書物が何冊もある。術を効率的に使えれば、きみの体にかかる負荷はさらに低くできるはずだ」

苦渋の末に口にした一言だった。

確かにそういった前例はある。たとえば、力の制御を知らない幼い異能者にその扱い方を教えるためとか、自身の力の出力をさらに上げるためとか、おそらく、異能のある家ではどこでも揃えている教本だろう。

だが、暁斗がためらったのは、澪がそれを会得することができないのではないか、と疑ったからではない。

「ただ、これはきみを、秋月家や異能の世界にさらに縛り付けることともなる。私が最初に提案した二人の契約からは逸脱したものだ。拒否してもかまわない」

いや、むしろ、拒否してほしい、と暁斗は思う。

澪を秋月家の運命に巻き込みたくはない。しかし、澪があれほど自分を責めるのなら……致し方ない、と悩んでの提案だったからだ。

けれど澪は、暁斗の心など知らず、晴れやかに笑う。

「拒否なんて！　そんなやり方もあったんですね。わたし、頑張ります」

「本当に無理はしなくていいんだぞ。もし、私に気を使っているのなら、余計な気遣いは無用だ」

「無理はしておりません。暁斗さんのお役に立ちたいのは事実ですけど、余計なことではありませんし……わたしは心から、暁斗さんのお力になりたいんです」

そう頬を赤らめて言う澪の顔は、暁斗にはひどく美しく思えた。月光が陰影を添えているからだけではない。これまでの澪とは違う意志のきらめきは、顔立ちすべてを嫁入り当時とは比べ物にならないほど変えていた。

思わず視線を奪われてしまった暁斗が目元をこする。

見間違いだ、きっと、と自分に言い聞かせる暁斗は、しばらく、澪の眼差しに気づかない。

無言で暁斗をじっと見上げていた澪が、遠慮がちに口を開く。

「もしかして、まだ目が……？　力が足りなかったでしょうか……？」

暁斗が、ぱっと手を下におろした。

「違う、大丈夫だ。これまで通りよく見える。きみのおかげだ」

「よかった！　あ、力の使い方の勉強をすれば、きっともっと上手にできるようになりますね。楽しみです」

「――いいのか？」

暁斗に主語のない問いを投げかけられ、澪が首をかしげた。

「いいのかとは、どのような？　もちろん、暁斗さんに否やを申し上げることなんかありませんけれども」

「また、そういうことを……」

　きょとんとしている澪を見て、暁斗は眉根を寄せる。

「私はきみを自由にさせたい。私の発言全てを肯定する人形になる必要はない」

「え、だって」

　今度は、澪が困ったように口をすぼめる番だった。

「否定したくないのに、無理に否定しなくてはいけないのですか。わたしだって、自分に言いたいことがあればお伝えします。先ほど、みっともなく大声を上げてしまったときのように」

「確かにそうだが……。これまで異能とは無縁で生きてきたきみに、あえて学ばせるのは酷なことではないかと思ってな。きみは否応なくこの家の一員に数えられることとなる。ただ贅沢を楽しむ令嬢ではいられなくなるかもしれない」

「そんなこと！」

　澪が一転して破顔した。

「贅沢なんていりませんわ。確かに、秋月のお家で出会ったものには感謝しております。上等の着物も、一流の先生方も、お母さまも……。でも、それがなくても、わたしはここにいたいんです。秋月家の一員になれるのなら、これほど嬉しいことはありません」

それでもまだ逡巡の内に黙り込む暁斗に、澪は胸の前で手を握り合わせながらさらに笑う。

「もしかして、わたしが途中で音を上げると心配されておりますか？　大丈夫です。わたし、決めたことはやり通してみせます。必ず、絶対に。暁斗さんに誓います」

暁斗がわずかに目を伏せた。

時間は夜のはずなのに、澪の輝きがまぶしかった。

「ならばいいのだが」

「ええ！　ご安心なさって！　早速明日からお勉強いたしますね！」

弾む澪の声は快く——暁斗はそれ以上なにも言えない。

唯一浮かぶのは、この娘にさらなる重荷を背負わせてはいけないということだけだ。

だから、今、全身に渦巻くこの想いは、けして澪に伝えてはならない。気取られてもならない。否やを知らない娘には、垣間見せてもいけない想いだ。

暁斗は波立つ心の表面に蓋をする。動かないように、きつく縛りつける。

「……よし。異能についてわからないことがあったら一嘉に聞け。私でもいい。時間があればきみに付き合う」

「できるだけお手間をかけさせないようにいたします。最近は漢字も間違いなく読めるようになってきましたし、一人でもなんとかやれそうな気がするんです」

「いいことだ。しかし、無理はするなよ」

「はい」

「では、明日、朝食後に書物室で。きみの役に立ちそうな本を見繕って渡そう。午前の授業の前にはきみを解放するから安心したまえ」

「暁斗さんお手ずから？　光栄です」

「私がやるのが一番早いからな。そうと決まればもう寝なさい。夜も遅い」

「かしこまりました。あの」

そう言いながら、もじもじと澪が足元を揺する。

「ん？　どうした？」

「ありがとうございます！　暁斗さん！」

ようやくそれだけ言葉にして、澪がだっと走り去っていく。

庭園に置き去りにされた暁斗は、澪の最後の言葉を噛みしめていた。

平凡な礼のはずが、澪の口から飛び出せば光を帯びる。暁斗にはそれが不思議でならなかった。

◇◇◇

「澪さん、お花を生けるのが上手になったわねえ」

布団の上に置きあがった弥生が、床の間に水盤を置く澪に声をかけた。

水盤には、白百合と枝ものの簡素なあしらいが生けられていた。派手さのない分、生けるものの力量が問われる題材だ。

「そんな。先生の教え方がお上手なだけです」

褒められ、澪が軽く頬を赤らめる。

こんな経験も、秋月家に来て知ったことだ。相馬家では、行いに対する褒賞など与えられることはなかった。

弥生が目を細めて澪を見る。

「百合の花をわたくしが好きなことも覚えてくださって。本当に優しい子だわ」

「わたしも百合が好きです。気品があって……さ、お母さま、こちらをどうぞ」

床の間の前から弥生の枕元に移動した澪が、弥生に白湯を勧める。熱い茶を飲むと心臓の動きが早くなってしまう弥生への配慮だった。

「ありがとう、澪さん。あなたが元気になってよかった。そうよねえ、突然の嫁入りだもの、家が恋しくなるときもあるわよねえ」

弥生には、澪の不調は「初めて長く実家を離れたことによる気疲れ」だと教えられていた。弥生の病状に気を使ってのことだ。

澪が、弥生がそれ以上真実に近づかないよう話題を変える。

「お母さまは猫もお好きなんですよね」

「そうなのよ。でも、わたくしは飼うと咳が出てしまうから、ああやって置物を集めているの」

弥生の視線が違い棚へと伸びる。

違い棚には、猫の染付が施された景徳鎮の壺が二つ並んでいる。親猫と子猫だ。

「可愛いです。お屋敷の中にあるほかの猫の小物も。相馬家は動物を好まず、ああいったものは置けなかったので……」

「あら、では差し上げる」

屈託なく弥生に言われ、澪はぱたぱたと手を振る。

「いけません、お母さま。そうやってなんでもいただいていたら、わたしは悪い娘になってしまいます」

「あなたが悪い娘なんて！　こんなにいい娘はいないといつも考えているのよ。ねえ、澪さん、澪さんはわたくしに暁斗の顔を見せてくれたわ。それだけでもわたくしは、この身上《しんしょう》を全部お譲りしてもいいくらい感謝しているの。その上、あなたは秋月家のために異能の勉強もしてくれている。若い娘にとっては厭わしいことでしょうに、嫌な顔一つせずに……」

澪が、異能について学び出してしばらくたつ。弥生に気を使わせないように黙っていた澪だったが、一嘉を経由して知られてしまったのだ。弥生の喜びは深く、またなにやら贈り物をしようとして澪を困らせた。

「この力でお母さまも癒せればよかったのですけれど」

澪が、笑うとも悲しむともつかない複雑な顔をした。

「本物のご病気には効果がないなんて、寂しいものです」

澪の癒しの力は、あやかしがつけた傷以外には効果がなかった。

澪は弥生の心臓も治したいと切望したが、何度念を込めても、弥生には微塵《みじん》も変化がなかったのだ。その後、ヨネが台所でつけた切り傷や一嘉の腹痛などにも試したことで、やはり、人間が通常において得た傷や病には結果を出すことができないのが判明した。

「いいのよ」

弥生が手にしていた茶碗を盆に置いてから微笑む。

「あなたの力はもっと大事なものを癒せるわ。わたくしはただの人間です。寿命は天命に任せるだけ」

「お母さま……」

澪が、胸の前で左右の指を組み合わせる。

もどかしくてならなかったのだ。暁斗には「巨大な癒しの力」と評してもらえたが、結局自分は、目の前の大切な母すら癒すことができない。

思案げな顔になってしまった澪に、弥生が笑いかける。

「澪さん、本当にいいのよ。あなたという娘ができて、わたくしはきっと暁斗さんと二人でいるよりは長生きできるわ」

その言葉を聞き、澪の表情が先ほどよりは明るくなった。

「ありがとうございます。でも、もっとうまく力を使えるようになったら、またお母さまへの癒しの試みをさせてください。お願いいたします」

弥生もまた、口元をほころばせて応じる。

「わかったわ。楽しみに待っているわね」

そうして二人が顔を見合わせたところで、弥生の部屋の襖が不意に開けられた。

「捜したぞ、澪。ここにいたのか」

暁斗だった。

なぜか、スーツの上にインバネス——今日は梵字入りではない——を身につけ、今にもどこかのパーティーに出かけていくような身なりをしていた。

「あら、暁斗さん。澪さんをお捜し？」

「そうです」

弥生の問いにはうなずき一つで答え、暁斗は部屋の入り口に立ったまま澪へと視線を投げる。

「午後の授業が空いたと聞いてな」

「ええ。先生が体調を崩されましたの」

「私も午後は予定がない」

「まあ、奇遇ですわね」

朗らかに答える澪に焦《じ》れるように、暁斗はつややかな銀の髪の中に乱暴に手を差し入れ、がしがしとかき回した。

「どうなさいました、暁斗さん」

澪がきょとんと暁斗を見る。

晩斗は何度か目をまばたかせ、それからいつもよりははっきりしない口調で言う。

「その、一緒に百貨店へ行かないか？　いつも努力しているきみへの褒美だ。めずらしいものがたくさん揃えてあるらしい」

「まあ……！」

澪が大きく目を見開く。

「ええと、わたしでよろしいのでしょうか。暁斗さんと一緒にお出かけなんておこがましいような」

「くどい。行くか、行かないか、どっちだ」

暁斗にそう急《せ》かされても、澪はおろおろと視線を迷わせている。

その膝を、布団の上から身を乗り出した弥生が軽く叩いた。

「澪さん、行ってらっしゃいよ」

澪が、暁斗と弥生の間で何度か首をめぐらした。

自分をじっと見つめている暁斗、にこにこと笑っている弥生。

澪は自分に問いかける。

暁斗さんとお出かけ、あなたはしたくないの？

その問いへの答えは、すぐに出た。

「――行きます」

澪がはにかみながら暁斗を見上げた。

二人並んで歩くことを考えたら、どうにも心が弾んで仕方なかったのだ。

「よし。では、玄関へ」

「ね、百貨店に行くのでしょう？　澪さんもよそ行きに着替えた方がよくてよ」

低く促す暁斗を弥生が押しとどめる。

「澪さんは、せっかくこんなに可愛らしいのにもったいないわ」


「お待たせしてしまい申し訳ありません」

装いを改めた澪が玄関の前庭に姿を現す。

馬車を待たせていた暁斗が、華やかなその姿に驚きの色を浮かべ――澪に見つからぬよう、すぐに消した。

「いい。着物は満足がいったか」

「はい。秋月家で揃えてくださったお着物はどれも上等なものばかり。目移りしてしまいそうでした」

「ダイヤの帯留めなどどんなものかと思っていたが、なるほど、きみが身につけているのを見ると悪くないな」

暁斗の視線がすいと澪の帯へと落ちる。

澪が、その場に飛び上がるようにした。

「ダ、ダイヤ⁉」

「なにを驚いている」

「ガラス細工だと思っていたんです……。いくらなんでも高価すぎます。部屋に置いて参ります！」

裏返った声でその場を辞そうとする澪を、暁斗が制した。

「使わなくてはダイヤも石ころも同じだ。そのままで来たまえ」

「でも……」

まだなにか言いたげな澪に、暁斗は芯のある低音で告げる。

「では、これは命令だ。来なさい」

「……はい」

ひんやりした目で見下ろされ、澪は仕方なくうなずいた。「よし」と満足そうにした暁斗が、澪を馬車に乗り込ませる。そして、自身もすぐにそのあとに続いた。

象牙色のベロア生地が張られた二人掛けの椅子はスプリングがきいていて、さして重くもない澪の体重を優しく包む。暁斗も澪の向かい側に腰かけた。

「馬車には慣れているか？」

動き出した馬車の中で暁斗が聞く。

「いいえ。恥ずかしながら、あまり」

「別に恥ずかしがることではない。これから慣れればいい。気を付けることもそれほどない。馬を驚かせないように、おとなしく座っていることくらいだな。ああ、それと、女性は足元に注意するように。着物やドレスの裾の始末は男にはどうにもできない」

「はい。先生方の座学でそれは教わりました。練習もしましたのよ。ですから、そういった面で暁斗さんに恥をかかせることは少ないかと思います」

ふんわりと微笑む澪を見て、暁斗がほのかに口元を緩ませた。

「そうか。きみは本当によく学んでいると教師方にも聞いている。この前の手紙は随分字が上達していた」

「まあ、読んでくださいましたの？」

「きみをないがしろにすると一嘉がうるさい」

窓の外の光景に目を向けながら暁斗が言う。端麗な横顔はひどくかたくなに見えて、澪は思わず胸元に手を当てた。

やはり、ご一緒したいなんて思わない方がよかったかしら。お言葉に甘えすぎてしまったかしら。

しかし、暁斗はすぐに澪へと向き直り、うっすらと澪へ白い歯を見せた。

「冗談だ。きみに手紙を書くように言ったのは私だ。ならば渡されたものはきちんと受け止めねばな」

ほっとした澪が相好を崩す。

「ありがとうございます！　大人に近づけておりましたか？」

「ああ。まだ完全な大人とはいかないが、少女の身ならば充分な手紙だろう。しかし、内容がな……」

言いながら眉をひそめる暁斗に、澪が身を乗り出した。

「お気に召しませんでしたか」

「いや、召す召さないではなく、私と母以外にも少しは興味を持ちたまえ。形だけとはいえ、きみは秋月家の女主人だ。あの家を好きなように差配してかまわないのだから」

「そんな不遜なこと！　差配なら、わたしよりヨネさんの方がずっと秋月家には詳しくておられますもの」

真剣そのものの澪を眺め、暁斗は困ったようにひたいに手をやる。

「確かに、ヨネは勤めて一番長い使用人だが、そういう問題では……。まあいい。そのうちきみの気も変わるかもしれん。私としては、きみはもう少し女主人の自覚を持った方がいいと思う」

静かだがしっかりとした声で言われ、澪が小さくなった。しゅん、と肩が丸まる。

「申し訳ありません……以降気を付けます……」

「そんなに力を落とすな。そうだ、家事の時間を減らして、ヨネに秋月家の奥向きのことを習えばいい。きみになにかを押し付けたくはないが、形だけでもきみは私の妻だ。知らなくては困ることもある」

「かしこまりました。なにひとつおろそかにはしませんわ！」

また前のめりになった澪に、暁斗がため息をついた。

「私の懸念はきみのそういった面だ。すべてを自分で背負い込もうとするな。力を抜くときは抜け。いいか、家事の時間を減らしたまえ」

「減らさなくては……いけませんか」

「ああ。ヨネにも言っておく。あれの手習いは厳しいぞ。家事をしていた方がましだと思うかもしれない」

「まさか」

「本当かどうかは試してみるといい。では、きみに異存はないな？」

問われ、澪はためらいながらこくんとうなずいた。

「よし」

うなずき返し、暁斗が再び窓の外へ視線をやる。

「——銀座に出たな。百貨店もすぐに見えるはずだ」

「百貨店とは、なんでも売っているお店なのですよね……？　わたし、行ったことがなくて」

おっかなびっくりといった感じで澪が尋ねる。それに暁斗は小気味よく答えた。

「そうだ。着物でも、小間物でも。きみが手紙を書くのにいい便箋もあるだろうな」

「いい所ですこと。では、お母さまがお好きそうな猫の小物もあるかしら」

なんのてらいもなく口にされ、暁斗は無意識のうちに澪の顔を見つめてしまう。

「きみは……」

「？　どうかなさいまして？」

「いや、なんでもない」

不思議そうな澪をいなしつつ、暁斗は馬車が早く百貨店に到着するように祈っていた。

この胸の高鳴りが澪に伝わってしまう前に、早く、と。


百貨店に入った澪はしばらく無言だった。

目の前にあふれるきらびやかなものの洪水に頭がついていかないのだ。

ようやく発した声は、素朴そのものの問いだった。

「暁斗さん、これは全部売り物ですか……？」

「陳列棚に並んでいるからそうだろうな」

「まあ……」

しかし、澪の驚きももっともなのだ。

これまで、華族のような階級は出入りの商人が各家庭に商品を持参し、そこから選んで購入するのが主だった。ときにはなじみの店に赴くこともあったが、どの店も単一の商品を扱っていた。

その上、華族だが平民のように生きてきた澪にとっては、店といえば八百屋や魚屋などの気取らないものでしかない。澪の服は誰かがどこからか手に入れたおさがりの古着ばかりであったし、秋月家に嫁ぐまで装飾品にも縁がなかった。

西洋風のスカーフやリボン、ネクタイなどが飾られた棚の間を歩きながら、澪がぱちぱちとまばたきする。

「このリボンはどうだ。黒い髪に深緋は似合う」

「ええ、そうですわね……」

「たまには洋装をすることもあるだろう。スカーフも試してみるといい」

「ええ、そうですわね……」

心ここにあらずといった様子の澪を、暁斗は気取られないようにそっと微笑って見下ろす。これだけでも、連れてきてよかったと思う。

その微笑が、不意に歪んだ。

売り場に並べられていた鏡に、自身の顔が映ったからだ。

暁斗の長いまつげが伏せられ、美神の生まれ変わりのような銀の目が翳《かげ》りを帯びる。

呪いは相変わらず解けていない。鏡の中の顔は、暁斗にだけは、醜い肉塊がうごめいているように見えた。

「……澪、二階には反物の売り場がある。そこまで行くのに、エスカレーターという乗り物があるそうだ。乗ってみないか？」

鏡から顔を背けながら暁斗は言う。

澪は相変わらずふわふわとした口調のまま、それに応じた。

「はい……えすかれえたあ……？」

「動く階段だ。まあ、見てみるといい」

暁斗にエスコートされ、澪はエスカレーターに乗る列へと並んだ。

最近になって百貨店に設置され始めたエスカレーターは帝都の話題の的だった。なにしろ、自分の足で歩かなくても床が動くのだ。なにも買えなくてもいい、とりあえずエスカレーターだけには乗ってみたい。そんな物見高い人間も集まり、今もその前には行列ができている。

ようやく現実に戻ってきたのか、澪がぱちぱちとまばたきをする。

「たくさんの人ですね。お品物もたくさん……」

「華族も数多く訪れているらしいからな。先ほどの売り場で気になるものはなかったか？　勉学に励むきみへの褒美だ。なんでも買ってやろう」

「そんな、いけません！　わたしはご褒美をいただくことなんてなんにも」

「そう言うだろうと思っていたが、今日はこちらにも策がある」

「え？」

ふふ、と暁斗に玲瓏《れいろう》とした笑みを浮かべられ、澪が首をかしげた。

「なにをお考えに……？」

「さあ、きみに教えては逃げられかねん。あとは仕上げを御覧じろ、だ」

「なんだか恐ろしいです」

「恐ろしいことなどなにもないから安心していたまえ。ほら、エスカレーターだ。裾を巻き込まれないようにな」

係員に促され、こわごわと澪がエスカレーターにつま先を乗せる。

そのあとに暁斗も続いた。

「わ、わ、まあ！　動いています。すごいわ。わたしが歩かなくても進むなんて！」

「なかなか楽しいものだろう？」

「ええ。あら、あっという間にお二階に」

まだ初めてのエスカレーターに呆然としたままの澪は、到達した二階に降りようとして案の定足をもつれさせる。

「足元にご注意だ、澪」

かしいだ澪の体を咄嗟に暁斗の腕が支えた。係員が手を差し伸べるよりずっと早い。

それに、澪はびく、と全身を強張らせる。

「あ、すまない。失礼をした」

やはり、自分は澪に忌避されているのか……そう考える暁斗とは裏腹に、澪は自身の心臓の激しい動きを抑えるので精いっぱいだった。

暁斗さんの腕、とても力強い。それにいい香りがして……あの美しい顔でのぞき込まれたら、わたしなんか塵になってしまいそうだわ。この気持ちはけして知られてはいけないのに。

「い、いいえ、大丈夫です。ありがとうございます」

平静を装い、澪が必死で言葉を紡ぐ。

「えすかれえたあも、ありがとうございました。帝都にあんなものがあるなんて、知りもしませんでしたわ。とてもいい経験になりました」

「最近できたものだからな。さあ、こちらへ」

二階に上がってすぐの場所に反物の売り場はあった。けれど暁斗は、一階でしたように立ち止まり、「これはどうか」などと澪には聞かない。

すたすたと反物の林の中を迷いなく歩いていく。

暁斗が進むままについていきながら、澪は内心ほっとしていた。

——暁斗さんはそれほどお買い物をするつもりはないのね。よかった。分不相応なものをいただくのは気が引けるもの。でも、こうして反物を見るのは楽しいわね。どれも綺麗で……花園にいる気分だわ。

　のんびりとあたりを見回す澪に暁斗が呼びかける。

「澪、ここだ」

「え、これは？」

　暁斗が指し示したのは畳張りの小上がりだった。

　売り場の隅にひっそりと、しかし、確かな存在感をもってその場所は存在していた。

「帳場だ。彼は秋月家担当の佐藤」

　そこに座っていた人間が膝立ちをし、澪に頭を下げる。

　背広をかっちりと着こなし、髪をポマードで固めたいかにもやり手の商人だった。

　背後には、反物や高級そうな小物がずらりと並んでいる。

「これはこれは、若奥さま。佐藤でございます。はじめてお目にかかりますね。旦那さま同様、御贔屓《ごひいき》に」

「は、はい、澪です。よろしくお願いいたします……？」

　事情のわからない澪がいぶかしげに言うと、佐藤は人のよさそうな笑顔を浮かべた。

「なんとお可愛らしいご令嬢でしょう。佐藤は腕が鳴ります。それではこちらにおかけくださいませ」

「座りたまえ、澪」

二人に促され、澪はわけがわからぬまま小上がりに腰かける。

佐藤がにこにこと澪に話しかけた。

「お茶は飲まれますか？　玉露もよろしいですが、ハイカラに紅茶でもいかがでしょう。よい茶葉が入っております」

「あの、それはありがたいのですけれど、これはいったい？」

どう見てもここは茶を飲む場所ではない。それくらいは澪にも理解できた。

佐藤は澪の質問には答えずに、そばに立っている暁斗に話しかけた。

「おや、旦那さま、若奥さまにはなにも？」

「言うと逃げられるのでな」

暁斗がくすりと笑うと、佐藤は揉み手でそれに応じる。

「おやおや、これは仲のおよろしい。では、僭越ながら佐藤からご説明いたします。……ここはお帳場。大切なお客さまにお似合いの品をお見立てする場所です。百貨店は店先でお客さまをお待ちする以外に、お得意さまだけの場所もご用意しておりますからね。外商といって、お勧めの商品を持参してお宅をお尋ねすることもあるんですよ。秋月家の大奥さまはうちの外商の大お得意さまでいらっしゃいます」

「母は外を出歩けないからな。部屋の細工ものや花瓶は外商から買っている。私も顔に傷があるころは無駄な外出を控えていたし」

「大奥さまの審美眼はお確かです。大奥さまにお会いするときは、佐藤もうかうかしてはおられません」

笑みを交わす二人とは反対に、澪はさらにわけがわからなくなってしまう。

ここも、通り過ぎてきた場所と同じく、商品を購入する場所のようだが、大切な客とはいったい誰のことなのだろうか？

「澪、今日はきみがここの主役だ。佐藤に言いつけて、なんでも好きなものを運ばせなさい」

「え、ええ、ええ？」

大切なお客さまとは、わたし？　暁斗さんはなにをおっしゃっているの？

澪の困惑をよそに、佐藤は愛想よく澪へと向き直る。

「はい、若奥さま。反物から万年筆まで、いかようなものでも佐藤にお申し付けを。すぐに運ばせます」

「そんな、もったいないこと」

助けを求めて暁斗を見上げても、彼は愉快そうに美貌の眉を上げるだけだ。

「きみに欲しいものを聞いても、どうせ、はかばかしい答えは返ってこないだろうと思っていたからな。観念したまえ。きみは佐藤が満足するまでこの場を立てない」

「これはこれは、佐藤が悪党のようなおっしゃりよう。滅相もございません。佐藤は麗しい令嬢を飾るしもべでございますよ。では早速、旦那さまのお言いつけの通り、若いご令嬢に似合いそうな反物をご用意いたしました。春夏秋冬一通り、お色も赤から青まで。ここにあるものがお気に召さなければ、どんな色柄でも取り寄せて参ります。さあ、若奥さま、お手に取ってくださいませ」

「暁斗さん……」

どうやら、自分は暁斗の策略にはまってしまったらしい。

澪は目を丸くしながら考える。

この場からなんとか抜け出せないかとも思案を巡らせたが、すでに帳場に腰を下ろしてしまい、隣には佐藤、目の前には暁斗が壁を作っている。紅茶も運ばれてしまった。

どうやら、今度ばかりは暁斗からの贈り物を辞退することは無理なようだ。

すると、暁斗が中腰になり、ひょいと反物の山の中から一枚を持ち上げる。

「この薄紫の絞りはどうだ」

「お目が高い！　こちら有松絞りでございます。蜘蛛《くも》絞り……というと名前はなにやら面妖ですが、手間のかかる絞り方です。お若い方でしたら、こういったしっとりした柄がかえって映えますでしょう。若奥さまのつややかな髪にも紫はお似合いです」

「だそうだ、まずはこれを」

「ならば、こちらに合わせるのによい紫ダイヤがいくつかございます。帯留め、耳飾り、首飾りと揃いにしてお仕立てになっては。エメラルドカットですので、和装にも、昨今御流行の洋装にも似合います。今日おつけになっているダイヤの帯留めと遜色ない出物ですよ」

佐藤が漆塗りの大きな箱の蓋を開ける。そこには、宝石のルースがずらりと並んでいた。

血よりも赤いルビー、青空を切り取った色のサファイア、無数の色彩を含むオパール……初めて見るそれらに、澪は気を失ってしまいそうだった。

「こちらでございます。濁りもなく、光もよく、これだけの大きさの紫ダイヤがご用意できるのは当店だけかと存じます」

「悪くないな。首飾りはうんと豪勢に」

「若奥さまの首が持ち上がらないほどの真珠とプラチナで飾りましょう。単純な形ではなく、小粒の真珠を織物のように編んでオペラ型の長さにするのはいかがですか？　見事な色の石ですから、ほかの石を組み合わせるより、真珠だけでお仕立てする方がよろしいかと」

「任せる」

「かしこまりました。そうだ、真珠と言えば、真珠だけの飾り物も一通りお勧めいたします。真珠はどのような場所で身につけられてもお困りになりません」

「確かに。真珠も妻に見せてくれたまえ」

「こちらでございます」

佐藤が、箱の中で絹のクッションに寝かされている大粒の真珠を澪へと差し出す。

「真珠の首飾りは同じ等級の珠で揃えるのが上等でございます。さすがにこの大きさを揃えて首飾りを仕立てるのは当店でも厳しくはございますが……」

巨峰ほどもある大きさの真珠の上で佐藤の指先が軽く円を描いた。

それから、指先を横に滑らせる。そこには、さくらんぼ大の真珠がいくつか並んでいた。真円で緑がかった深い照りのある、誰が見ても最高級の品だ。

「こちらの大きさでしたらお揃えが可能です。試しに歯を立てていただいてもかまわないくらい、よいお品ですよ」

佐藤の冗談にわずかに口元を緩め、暁斗は指示を飛ばす。

「大きい方は指輪に」

「さぞお似合いでしょう」

「わ、わたし、困ります」

ようやく我に返った澪が、なんとかそれだけを口にする。

ふむ、と暁斗と佐藤が顔を見合わせた。

「なるほど、まだまだご不足だと若奥さまはおっしゃっているのですね。ご安心くださ い。ドレスや普段使いのご洋装、ご趣味の鼓や硯も揃えてございます」

「あなたは話が早いな。その通りだ。妻が困らないくらいどんどん品物を勧めてくれ」

「承知仕《つかまつ》りました、秋月さま」

笑顔の佐藤とは反対に、むう、と澪が眉を寄せた。それを見て暁斗が肩をすくめる。

「まだ自分が財産を持つことを気にしているのか？　ならば、出ていくときには財産が 多い方がいいと考えたまえ」

「それではまるで、お金目当てですわ……」

「当の私がかまわないと言っているのだからいいだろう。……異論は許さないぞ」

暁斗が、そっぽを向いて付け加える。その耳の先は、澪が気づかないくらいほんのり した赤に染まっていた。

「もう、なんと言えばいいのかしら」

「はい、と言えばいい。——どうも、私がいては妻は買い物がしづらいようだ。一回り、好きなように歩いてくる。戻ったときにどれだけの品物を積み上げているか、佐藤氏、あなたの手腕に期待しているよ」

「そ、そんな」

暁斗に置いていかれたら、今度こそ本当に逃げられない。

途方に暮れる澪に笑みを一つ渡して、暁斗は店内を歩き始める。

「さあ、若奥さま、まだまだご用意の品はございますよ」

ぱん、と佐藤が手を鳴らした。

「お着物と宝石に飽いたのならば、あとのご選択は佐藤にお任せください。若奥さまに似合いの品を選んでお帰りまでにお包みしておきます。では、次はご洋装。ドレスと普段着、どちらから始めましょうか」

最悪の二択だ。

澪は反射的に、少しでもましだと思う方を選ぶ。

「ふ、普段着で！」

「左様で。お楽しみはあとにとっておかれるのですね。わかります。では、こういったものはいかがですか？　ビロードのワンピースです」

佐藤の手が、何着もの洋服を広げだす。

勧められたワンピースは濃紺の地に白いレースの飾りがついた地味なものだった。これならなんとか……と澪が胸をなでおろしたのも束の間、佐藤は滔々《とうとう》としゃべり出した。

「こちら、生地が上等なのはもちろんですが、レースが格別でございます。襟、袖口、裾、すべて舶来のマリーヌレースをたっぷりと使用しております。ご覧くださいませ！　この細い編地！　王侯の服を飾ることもあるレースです。若奥さまにふさわしい逸品でしょう」

またとんでもないものが出てきて、澪は黙ったままふるふると首を振る。

「お気に召さない？　それでは……」

佐藤がかたわらへと視線を投げる。

その隙をついて、澪は紅茶で口を湿した。

——困ったわ。普段着なのに、ちっとも普段着ではないの。わたしはもっとお安いものでいいのに……。

当惑する澪の視界が翳る。

暁斗が戻ってきたのかと、澪はぱっと顔を上げた。

「え？」

だが、そこにいたのは、暁斗ではない。

自分を「できそこない」と罵る……できれば、顔を見ることを避けたい人物だった。

「どうして姉さんがこんなところにいるの？」

「佳蓮」

きらびやかな洋装に身を包んだ佳蓮が、目つきを険しくして澪を見つめている。

「間抜けな顔をしていないで答えて！　どうして姉さんがこんなところにいるの？　佳蓮だってお帳場に通してもらえるようになったのは最近なのよ？」

甲高い、冷静さをすっかりなくした声だった。

「あ、暁斗さんにお誘いいただいただけよ。わたしはなにもしていないわ」

「そうでしょうね！　――ああ、なるほど、秋月家が公爵の名前をかさに着て、百貨店を困らせているのね？　買えもしないものをこんなに広げさせて、なんのつもり？　貧しい『怪物公爵』の妻のくせに！」

「それは誤解よ。秋月家は」

そこまで言って、澪は言葉に詰まってしまう。

婚家の豊かさを誇示するような語彙《ごい》を、澪は持たなかった。

「なにが誤解？　あら、でも姉さんの今日の着物……」

佳蓮は少し落ち着いたらしい。そのかわりのように、佳蓮の目が澪の体を上から下まで眺めまわす。

「なんて綺麗な縮緬《ちりめん》！　それに、その帯留めはガラス玉ではないわね……わかったわ！せめてもの見栄を張って百貨店に来たのね！」

今日の澪の服装は、繻子織の丹後縮緬だった。白い生地には見事な光沢があり、質の良い正絹をたっぷりと使って織り上げられているのが素人にもわかる。重厚な生地とは正反対に柄には遊びがあり、この時代にはめずらしく、様々な色で丸や三角の幾何学的な模様が織り込まれていた。その目新しさがまた、六角形にカットされたダイヤの帯留めによく似合うのだ。帯は着物と合わせた織の緞子《どんす》。淡い桃色が若々しく、ちりばめられた銀糸の唐草模様が、透き通って光るダイヤの輝きをさらに引き立てていた。どこをとっても、なまなかな財産では仕立てられない着こなしだ。

それだけではない。澪の髪はもう、ぱさぱさにけば立ってはいない。深いつやがあり、白銀《しろがね》の枠になん粒ものダイヤがはめ込まれた髪留めが左右を飾っている。たっぷりと食事がとれるおかげで、頬もふっくらと盛り上がり、血色よくほんのりと赤らんでいた。そこにいたのは、相馬家にいたころのうつむいてばかりいた澪とはまるで別人だった。

伏せられていた目も、今ではまっすぐ前を向き、年相応のきらめきを宿している。しっとりとした可愛らしさは佳蓮と並んでも遜色ない。

秋月家の水がどれほどよいか、澪がもともと優れた資質を持っていたのか――おそらく、その両方だろう。

「若奥さま、こちらの方は妹さまですか？」

佐藤に尋ねられ、澪がはっと答える。

佐藤のことなど、佳蓮の襲来ですっかり忘れていたのだ。

「ええ。相馬佳蓮。相馬男爵家の跡継ぎですわ」

「相馬家……存じ上げております」

うんうん、とうなずいた佐藤が、佳蓮の方へと体を向けた。

「佳蓮さま、僭越ながら佐藤が申し上げます」

「なによ」

「若奥さまも秋月家も、けして貧しくはございませんよ。ここにある品物はすべて若奥さまのためにご用意いたしたものです。どれもえりすぐりの一流の品ばかりですが、できれば全部受け取ってほしいと旦那さまはおっしゃっていました。それだけのご余裕を旦那さまはお持ちです。今日の若奥さまの装いも、秋月家の方々には当然のものです」

「……生意気っ！　たかが商人のくせに！」

「商人にも誇りはございます。お売りする品はふさわしい方のもとに向かってほしいとも思っております。若奥さまは、こちらのお品物がよく似合う方です」

「チッ！」

佳蓮が舌打ちしながら足を踏み鳴らした。ハイヒールの靴音がかつかつと鳴る。

「佳蓮を馬鹿にする気？」

食ってかかる佳蓮から佐藤を庇うように、澪が身を乗り出す。

「馬鹿になんてしていないわ。あなたはなにもかも持っているでしょう。相馬家の後継者として甲村伯爵のご次男も婿に迎えるのだし、わたしとは違うわ」

「その甲村が！」

佳蓮が吐き捨てる。

「あの男、借金ばかりで財産なんかなかったのよ！　甲村の実家は火の車！　今にも破産しそうだわ！」

「まあ……」

澪が口元に手を当てる。

佳蓮が完璧な自分の人生を愛していることを知っていた。そこに、そんな形で染みができてしまうとは。

ならば、なにを言っても、佳蓮を激昂させるだけだ。婿については黙っていよう。澪はそう考え、そのまま慰めの言葉を飲み込む。

「でもいいわ。あの男が美男なのは変わらないもの。財産なんか佳蓮が与えてあげればいいのよ。幸い、お父さまが始めた事業も好調だし」

「お父さまが事業をお始めに？」

「佳蓮の子どももできそこないだったら困るからと、ご自分でもお仕事を始められたの。気の毒だわ。相馬男爵家の人間が平民のように働くなんて。それもこれもみんな姉さんのせいよ！」

華族には新政府のために働いている大商人も含まれる。けれど、それを忘れてしまうほど、佳蓮は興奮していた。

貧しくみじめな生活を送っているはずの姉は、佳蓮にすら手が届かない品物に囲まれて笑っていた。佳蓮がようやく手に入れた場所――帳場――で。その上、どうやら、社交界では評判の悪い秋月家の人間も澪には優しいらしい。なのに、自分の婿は顔だけが取り柄のろくでなしだった。

そう思えば、怒りとも憤りともつかないなにかが、佳蓮の心を突き動かしてならなかったのだ。格下だと侮っていた人間に勝利されるほど屈辱的なことはない。

「佳蓮、落ち着いて」

「お黙り、できそこない！　『怪物公爵』くらいしか貰い手がなかったくせに！　ああ、そうだ、姉さんと公爵を舞踏会に招待してあげるわ。そうだわ、公爵を連れて佳蓮の前にいらっしゃいな。佳蓮の婿の横に立たせてあげる。いい引き立て役になるんじゃなくて？」

「やめましょう、そんなこと。わたしとあなたは姉妹なのよ」

澪が必死で訴えるが、佳蓮は取り合わない。

「姉妹？　できそこないと同じ血が流れてるなんて虫唾《むしず》が走るわ。とにかく招待状を送るからいらっしゃいよ。逃げたりしたら華冑界《かちゅうかい》中に悪い噂を振りまいてやる！」

佳蓮が無作法に澪の顔を指さす。

「いいこと！　佳蓮の命令は絶対よ！　佳蓮に逆らうのは相馬男爵家に逆らうのと一緒なんだから！　醜い夫にもそう伝えなさい！」

強い声で言い放ったあと、佳蓮が、足音も高らかにその場を去っていく。

残された澪がふう、と息をついた。

「申し訳ありません、妹がお騒がせをして」

「いえいえいえ！　佐藤こそ、余計なことを申し上げました」

佐藤はそれ以上を言わない。優れた商人は、売る相手の家庭のことを把握はしても口は出さない。だからこそ、澪を庇った彼の一言には重みがあった。

「大丈夫です。でも、あとで佳蓮がご迷惑をかけないかしら」

「相馬さまの担当とも話しておくのでご安心くださいませ。さ、気分直しにこちらのブラウスはいかがですか？　職人の手刺繡がとてもようございます。それとも、筆と硯を？　唐硯もよろしいですが、せっかくですから国産の鍋倉硯をおすすめいたします。地は黒雲母で石の色もまじりけなしの黒、紋の入りも文句なく、若奥さまのお手に似合う名品です」

「少し考えさせてくださいな」

澪が曖昧な微笑を浮かべた。

溢れる品物に戸惑っている顔ではない。佳蓮の事実上の宣戦布告に困惑している顔だ。

「……失礼いたしました。新しい紅茶をお持ちしましょうか」

「まだ、さっきの紅茶が残っておりますから」

結構です、と穏やかな仕草で澪が佐藤を遮る。

そのまま、澪の指先がうろうろと動いた。

佳蓮は口にしたことはやる娘だ。きっと、舞踏会の招待状を送るというのも本気だろう。でも、自分たち姉妹のいさかいに、暁斗を巻き込むことははたして許されることだろうか？

——いいことでは、ないわ。

澪が目を伏せる。

暁斗さんはきっと静かに暮らすのがお好きな人。そんな人を喧噪の真っただ中にお入れするのは控えなくては。

でも、どうすれば佳蓮は諦めてくれるかしら？　わたしが頭を下げて収まるのならば、何度でも下げるけれど……。

「どうした、澪」

考え事をしている最中に、不意に声をかけられて、澪が肩を跳ね上げる。

「暁斗さん、もうお戻りに？」

「知り合いらしき人間を見かけたので退散してきた。休みの日までややこしいことに巻き込まれてはかまわぬ」

……ややこしいこと、そうよね。では、佳蓮のことも言わない方がいいわ。ああ、でも、招待状が届いたら……暁斗さんになんとご説明したらいいの？

「澪？　冴えない顔をしているな。気にいる品物が少なかったか？」

「い、いいえ！　みんな素晴らしいお品ばかり」

「そうか？」

なにかを探るように、暁斗の目がすがめられる。

澪は、その視線の鋭さに耐えきれずにまた下を向いた。

「若奥さま、気分転換に屋上の庭園に行かれてはいかがでしょう。あそこならお二人で話すのにもうってつけですよ。その間にお品物をお包みしておきます。選ばせていただいたお品は、どれも若奥さまのお気に召したようで嬉しい限りです」

佐藤にさりげなく水を向けられ、澪ははっと顔を上げる。

屋上に庭園、そんなものがあるの。

そこで二人きりなら、佳蓮とのこともご相談できる気がするわ。

「ご案内ありがとうございます。暁斗さん、お買い物はだいぶすみましたから、屋上にお付き合いいただけますか？」

「かまわんが、買い物は仕舞いでいいのか？」

「はい。あ、なにか、猫の置物で可愛いものがあったら見繕っていただけますか」

「猫ですね。とびきりをご用意いたします」

百貨店に行くと決まったときから、これだけは、と思っていた品を佐藤に頼み、澪は暁斗へと向き直る。

「これでわたしは大丈夫です」

「では。――佐藤氏、妻の相手をしてくれたこと、礼を言う。品物は屋敷に運ばせてくれたまえ。あつらえのものは出来次第」

「かしこまりました」

「支払いはいつもの通りに」

「心得ております」

なにやら帳面に書き付け始めた佐藤を尻目に、暁斗がインバネスをはためかした。

「屋上へ、澪」


白いタイルが模様を描く屋上庭園に足を踏み入れ、澪が息を呑む。

「わあ……！　こんなに高い所、初めてです」

ギリシア風に刈り込まれた木々の間には、日本風に稲荷の社《やしろ》があり、かと思えば勢いよく水を吐き出すロココ調の噴水もある不思議な空間が広がっていた。

しかし、庭園の全体な調和は取れており、和洋折衷のしつらえさえモダンさを感じさせる一端となっている。

「あちらで飲料も買えるようだが、なにか飲むか？　クリームソーダというのが最近は流行っているらしいぞ」

「ありがとうございます。でも、それはまた今度」

と、つい言葉にしてしまい、澪が口を押さえる。

また今度なんて、おこがましいことを言ってしまったわ……！

けれど、暁斗はほのかに微笑うだけだった。

「そうだな」

その自然さに、澪の方が照れてしまう。

「もちろん、暁斗さんさえよろしければ……ですけど」

「私はかまわない。また来よう。ここはこの下の階の食堂の評判もいい」

「そうなんですね……」

未だに歯切れの悪い澪を見下ろし、暁斗が木立の中のベンチを指した。

「なにか話したいことがあるのだろう、座るといい。ああ、これを」

座面にハンカチを広げ、暁斗が澪を促す。「もったいなくて座れません」と固辞する澪の肩を押し、暁斗はベンチに座らせた。それから、自分もその横に腰を下ろす。

「すみません。お気を使わせて。――お話がしたいとおわかりになってしまいました？」

「きみの顔色と佐藤の態度で。どうした？　佐藤に不愉快な言動でも取られたか？」

「いいえ！　佐藤さんはとてもご親切でした」

「ならば、なにが？」

「言いづらいことなんですが……」

ふむ、と暁斗が組み合わせた両手を顎の下に当てる。澪が口を開くのをいつまでも待っていると言いたげな態度だった。

そうなれば澪も、黙り通すわけにもいかない。

今日のためにめずらしく紅を引いた唇が、おずおずと動く。

「佳蓮のことなんです。あ、佳蓮はわたしの妹です」

「知っている。きみを飛び越して相馬家の後継者に据えられたことも。続けたまえ」

「その佳蓮が先ほど帳場に現れて、わたしと暁斗さんを舞踏会に招待すると」

「そんなことか。どうせ秋月家宛に招待状が来るのだろう。出席するか否かはそれを見てから決めよう。きみの意見も聞く。安心しなさい」

「それが、ごめんなさい！　暁斗さん！」

「藪から棒に、なんだ」

がばりと澪に頭を下げられ、暁斗が目をしばたたかせる。

「佳蓮はわたしが帳場で丁寧に扱われていることに腹を立てて、舞踏会でわたしと暁斗さんを見世物のようにしてやると言うんです。でも、舞踏会に出席しなければ、まわりに悪い噂を流すとも言っていて、わたし、もう、どうしたらいいのか」

ようやく伝えることはできたものの、澪は混乱のただなかにいた。

とにかく暁斗に謝らなければ。それだけが澪の口を動かす。

「本当にごめんなさい、暁斗さん。わたしと佳蓮がうまくいっていないせいで、暁斗さんにまでご迷惑をかけてしまいます」

「そうだったのか……。まずは顔を上げなさい、澪」

「はい……」

とうとう涙ぐんでしまった澪は、それでもなんとか顔を上げた。

すると、こちらを見ていた暁斗の目とまともに視線がぶつかりあってしまう。

相変わらず、美しい瞳だった。白銀の虹彩は星のようで、そこを縁取る銀色のまつげはさながら光芒だ。

「心配はいらない。きみと妹のことは聞き及んでいる」

澪が唇を噛んだ。

恥ずかしい。こんな確執、きっと暁斗さんは呆れているわ。

だが、澪の内心とは逆に、暁斗はまっすぐに澪を見返すだけだった。

「なるほど、意趣返しか。相馬家の後継者が聞いて呆れる」

「わたしがいけないんです。わたしはいつもあの子より下だったのに、暁斗さんのおかげで恵まれてしまったから……」

「それを飲み込むのも当主の度量だろう。きみの身内をとやかく言いたくはないが、佳蓮嬢は資質に欠けている」

辛辣な言葉を紡いでから、暁斗は、ん?と首をかしげた。

「きみと私を見世物のように？　もしかして、佳蓮嬢は私の顔が元に戻ったことを知らないのか？」

「あ、そう言われれば。こんなことは口にするのも申し訳ないのですが、『醜い夫』と暁斗さんのことを言っておりましたわ」

しゅんとしながら言う澪に、暁斗は低い笑い声を立てる。

「気にするな。かえってその方が都合がいい。よし、澪、この勝負、受けて立とう」

「え、よろしいのですか？　こんな面倒ごとを」

「いいとも」

そして、暁斗が口の端を持ち上げる。それは、どこか誇らしげだった。

「きみが私の目になるなら、私はきみの盾になろう」

断固とした宣言が暁斗から発せられる。

澪はそれを呆然として聞いていた。

――わたしの、盾に？

暁斗さんが？

澪の目が大きく見開かれた。

もう、全部、全部嘘でもいいの。

わたしは今、この瞬間、最高に幸せよ。これだけで、一生を生きていけるくらい。

だからこそ。

この人を巻き込んではいけないわ。

「やはり、わたしたち姉妹のことで暁斗さんのお手は煩わせられません。わたしが佳蓮に謝ってきます。わたしならなにをされても平気ですから」

暁斗の眉がひそめられる。

凛とした眼差しの切れ味が曇り、白銀の瞳が半眼になる。

しばらくそうしていたあと、暁斗はぱちりと瞼を持ち上げた。

「私が醜いから、ともに舞踏会に行きたくないのか」

澪たちはこぞって賛美してくれる顔。しかし、肝心の暁斗にだけはその姿は見えない。そんなことはないとわかっていても、もしや自分は醜い顔を仮面なしで晒しているのではないかと、時折不安が押し殺せなくなる。

「いいえ！　なにをおっしゃいますの。もしかして、わたしの力に不足をお感じですか？　どこかに痛みでも？」

「いや、それはない。きみは優秀だ」

「よかった！　今の暁斗さんはとてもお綺麗です。でも、仮面のままの暁斗さんでもわたしはどこへだって……舞踏会にだって、百貨店にだって、ご一緒したいですわ」

そうよ。

なにも持っていなかったわたしに、初めて手を差し伸べてくれた人。持っていないなら得る努力をすればいいと教えてくれた人。肉体の美醜なんて、その事実の前にはなんの関係があるかしら。

暁斗さんはわたしにこんなにもきらめくものをくれたのに！

「では、ともに舞踏会に出よう。いや、出る。煩わしさなど心配するな。私は本当に嫌なことはやらない」

強さを帯びた声でそう言い切られ、今度こそ澪はうなずくほかなかった。

暁斗の視線がようやくやわらぐ。

「話は決まったな。買い物の続きをするか？　それともまだここで休むか？」

「もう少し、このままで……」

隣に暁斗がいる。

そのぬくもりを澪はあとしばらくは逃したくなかった。

なにより、暁斗の言葉が澪の胸をまだ揺さぶり続けていたのだ。

――わたしの盾になってくださるなんて……。契約上の妻にまで、なんて優しい人なのかしら。

澪の想いを乗せるように、屋上庭園をさわやかな風が吹き抜けていく。

それに髪を踊らせながら、澪は思いがけない幸福を噛みしめていた。

第五章　二人のそれから

「澪、準備はできたか」

暁斗に促され、緊張でかちこちになってしまった澪が振り向く。

今日は、佳蓮主催の舞踏会の日だ。

「へ、変ではないでしょうか。こんなにお化粧をしたのは初めてで」

上ずった声の澪を、二人と一緒に玄関まで来ていた一嘉が励ました。

「とってもお綺麗ですよ！」

「一嘉さんはお上手だから」

「失敬な。僕は心からそう思っています。ね、暁斗さま」

一嘉に水を向けられ、暁斗は「そうだな」と返す。

「礼に則《のっと》った姿だ。誰からも文句は出ないだろう」

「暁斗さま、もうちょっと言い方ってものが……」

「いいの、一嘉さん。今のでわたしは安心したわ。暁斗さんに恥をかかせてはいけないから」

少しだけ、肩の力を抜いた澪が微笑みで応じた。

「馬車の準備は出来ている。あとはきみが乗るだけだ」

「かしこまりました。……では、行って参ります」

澪が一嘉に一礼する。

「いってらっしゃいませ、澪さま、暁斗さま！」

一嘉が、声高らかに二人を送り出した。


「帰ったらもう一度、お母さまにお礼を言わなくちゃ」

馬車に乗り込んだ澪がまず口にしたのはそれだった。

「お化粧の方法をあんなに丁寧に教えてくださって。こんなに雰囲気が変わるなんて思ってもみませんでした」

「私は佐藤に礼が言いたい。きみのドレス姿は初めて見たが……よい」

「まあ」

直截《ちょくせつ》な褒め言葉を受け、澪は赤くなった頬を隠すように顔を伏せる。

しばらくそのまま馬車に揺られていた澪だが、頬の熱さも落ち着いたのを汐に顔を上げ、向かいに座る暁斗に話しかける。できるだけ、今日の自分の装いから離れた話題を心がけながら。

「さ、佐藤さんと言えば、猫の指ぬきです」

「猫？」

　あまたの贈り物より猫……？　と暁斗が不審がるが、澪は気にしない。

「ええ。お母さまに差し上げたものです」

「ああ、母のことか」

「とても愛嬌のある猫柄の指ぬきを見つけてくださって。うぇっじうっど？　西洋の有名な窯だとか。しかも、指ぬきは幸運のお守りになるんですってね。知らないでいたらお母さまがとても喜んでくださって……」

　よかったです、と笑って付け加える澪の頭を、暁斗は猛烈に撫でたくなる。

　その衝動を押しとどめながら――偽物の夫にそんな資格はない――暁斗は窓の外に目をやる。

「すまない。母にまで気を使わせて」

「そんなこと！　わたしはお母さまが大好きなんです。お尽くしできて幸せですわ」

「そう、か……」

　自分も、こんな風に無邪気に澪の好意を受けることができたなら……いや、今さら詮無い話だ。

今の自分にできるのは澪を全力で守ること。盾になると言った言葉を嘘にしないこと。それだけだ。

「澪、今日はなにがあっても、自分の後ろには秋月家がいると思いたまえ。きみを傷つけるものは秋月家の家名を傷つけるものだ。許しはしない」

「ありがたいお言葉。光栄です。ただ、わたしは争いごとが苦手です。今日もできれば、穏便に終わらせることができればと願っております」

穏やかな語調の後ろに隠された熱は暁斗の胸を揺さぶった。

初めて出会ったとき、洋室で頼りなげな顔をしていた娘は、こんな強さを隠し持っていたのだ。

見出したのか、見出されたのか、どちらにしろ、それは暁斗の喜びだった。

馬車は一散に相馬邸へと走っていく。

その間、二人に流れる沈黙は、けして居心地の悪いものではなかった。

「秋月公爵ご夫妻、おつきでございます！」

ドアボーイが舞踏の間に向かって声を上げる。

和を基調とした秋月家とは違い、相馬家の邸宅は最近大幅に改築され、完全な西洋風の建物となっていた。

「あら、姉さん、来たのね。どんなにみっともない、か⁉」

迎えに出た佳蓮の声がひっくり返った。

「嘘、嘘よ、その男は誰？」

「来客に向けての一言目がそれとは失礼ではないか、佳蓮嬢？」

優雅な足取りで澪をエスコートしながら、暁斗が佳蓮に向けて皮肉な笑みを投げる。

「だ、だって秋月公爵は醜い『怪物公爵』のはずよ。仮面を被っていて、その下には二目と見られぬ顔があるはず」

「あなたは私の仮面の下を見たことがあるのか？　ないだろう？　よい妻を得て気分がいいのでな、この機会に偏屈をやめて仮面を取っただけだ」

一歩一歩、暁斗たちが舞踏の間の中で足を進めるにつれ、佳蓮が後じさりをする。

今日の暁斗もまた、いつものように美しかった。

白銀の目と髪は透き通り、シャンデリアの光を跳ね返して輝く。月の光を思わせるしっとりと白い肌、そこに納まる細く高い鼻筋。それだけでは人形めく冷たい美に人の温かさを与える、わずかに大ぶりな唇。肩幅の広い、すらりと均整の取れた長身は、美貌に更なる華を付け加えている。

着用しているのは黒のタキシードだ。暁斗の体ぴったりにあつらえられたそれは、彼の持つ威厳を最大限に引き出していた。

「ね、姉さんも、その格好はなに。い、家屋敷でも抵当に入れてきたわけ？　貧乏人が見栄を張るのはみっともないわよ」

「佳蓮嬢、口を慎みたまえ。たかが家屋敷ごときでは今日の澪の首飾りですら買えない」

冷笑され、佳蓮がぐっと唇を噛む。

暁斗の言葉通り、澪の首飾りは素晴らしかった。いや、首飾りだけではない。その身を飾るすべてのものが素晴らしいのだ。

ドレスは初々しい澪にふさわしい若草色のシルクだ。スカートの部分には大胆なカッティングのフリルがふんだんにあしらわれ、綿密な採寸の果てに作られたことがよくわかる。しかし、シルエットにはどこか和装を思わせるスリムさがあり、すべての贅沢に飽いた貴婦人が好むような、オリエンタルな魅力を放っていた。これも和装の袷を思わせる胸元には、先のパリ万博でも評判をとった手編みのル・ピュイレースが半襟がわりに幾重にも贅沢にあしらわれている。その胸元に輝くのが、ルビーを中心に組み立てられた首飾りだ。何カラットあるかわからない大粒のルビーを中心に、細いプラチナの糸で小粒のルビーとダイヤが組み合わされている。緑の葉の中の椿が美しいのと同じで、ドレスの若草色とルビーの深紅は引き立てあい、互いをさらに魅力的に見せていた。耳元には、ラウンドカットのルビーの周りを無数のメレダイヤが囲んだ、ぽてんと丸い耳飾りも配されている。

そして、それらを圧倒するのが、弥生から受け継いだ珊瑚のかんざしだった。澪の漆黒の髪は珊瑚の赤の鮮やかさを加速させる。洋装の令嬢ばかりの舞踏会ではちぐはぐに見えるかもしれない和のかんざしは、ドレスのデザインと色合いのおかげで、凜と華やかな存在感を添える最高の装身具となっていた。

澪もまた、装いにふさわしい令嬢へとその容貌を変えた。

かさついていた肌は、秋月家に嫁いだことですべらかになり、頰は血色のいい薄桃色となった。寂しげな影が一掃された目元と相まって、ふっくらと丸い頰がさわやかに可愛らしい。しかも、きゅっと口角の上がった唇は少女らしい愛嬌を、形のいい顎は清楚さをも印象付ける。切れ長の瞳にはいつもと同じく、目を合わせれば光を放つ強さがあった。

なにもかも、隣にいる暁斗にふさわしい姿だ。身につけるものに負けない品格を澪は得たのだ。

佳蓮が背後の婿へと目を向ける。

役者より麗しいと自慢だった男は、「この場で二番目に麗しい男」に順位を下げていた。

それも、一位には到底及ばない二位だ。

家柄と容姿しか取り柄のない男を一瞥し、佳蓮が再び前へと目を向けた。

もう、婿は使えない。

相手は公爵家当主で、絵草紙から抜け出たような図抜けた美しさを持っているのだ。

かといって、自分も――。

佳蓮は自身の服装を顧みる。

ドレスも宝石も贅沢なものだ。当たり前だ。澪を徹底的に痛めつけたくて、手持ちでは最高のものを身につけたのだから。

けれど、澪はどう見てもそれの上を行っているのだ。

自分の首飾りを差し出しても、澪の首飾りのルビー一つ買えないだろう。その上、今の澪は、相馬家にいたころとはまったく違う印象を人々に与えていた。美貌の夫に付き従う、可憐で貞淑な妻だ。

なんなのよ。

佳蓮は心の中で毒づく。

相手は貧しく醜い「怪物公爵」と、無能で哀れな姉だったはず。それがどうして、佳蓮がこんな目にあわなければいけないの？

しばらく二人と睨み合ったのちに、いいことを思いついた、と言わんばかりに佳蓮の顔がにんまりと歪んだ。

「姉さんは『できそこない』よ！　だから厄介払いに嫁に出されたのよ。不幸な女なのよ。そんな女しか嫁に取れず、公爵もお気の毒ね！　相馬家のごみを引き受けてくださってお礼を言うわ」

ふふん、と笑い、佳蓮がわざとらしくドレスの裾をつまみ上げて礼を言う。

澪の能力のことは、あまりにも稀な能力であるため、帝の命で秘匿されている。佳蓮は澪になにが起きたのかを知らないのだ。

その佳蓮の言葉を聞き、暁斗の表情が一瞬、とてつもない怒りに支配された。

けれど、それはすぐに冷静な色に塗り替えられる。

しんと透徹した眼差しが佳蓮を捕らえた。

「違う。できそこないではない。澪は私の大切な妻だ」

「なんですってぇ？」

「私が欲しいと望んだから、澪は秋月家の花嫁となってくれた。望まれて嫁ぐ娘より幸福な娘がいるか？」

よく響くバリトンの声が舞踏の間に満ちる。

それを聞いて、澪はなんでもない顔を保つのに必死だった。

――暁斗さんがわたしのことを大切な妻と……！　きっと言葉のあやでしょう。でも、わたし、嬉しくてならないのよ。暁斗さんの言う通り、わたしは幸福な娘だわ。

しかし佳蓮はひるまない。ふふん、と不遜な笑みを浮かべる。

「でも、姉さんに祓の力はなくてよ。佳蓮にはそれがあるわ。姉さんと佳蓮、取り替えてほしいんじゃなくて、公爵？」

そして、佳蓮が両腕を広げた。

「相馬家の財産、綺麗な顔、祓の力……佳蓮の勝ちよ。ねえ、公爵、本当にそんなできそこないでいいの？　美しいものが似合うのは佳蓮の方よ。負けを認めたら？」

澪が、ほんの少しうつむく。

本当は、その場から逃げ出してしまいたかった。

佳蓮の言うことはすべて真実だと感じていたからだ。

華やかで、いつも場の中心にいた佳蓮。その佳蓮の着付けを手伝うだけで、けして舞踏の間には入れなかった自分。しかも、佳蓮には自分にはない祓の力がある。

——暁斗さんだって、きっと、佳蓮の方が……。

揺らぐ心を抑え、澪はなんとか顔を上げる。

今、暁斗さんの横にいるのはわたし。みっともないさまを晒して、暁斗さんに恥をかかせてはいけないわ。

秋月家の花嫁として正しく振る舞いなさい、澪。いただいたかんざしにふさわしいように。

しかし、暁斗が起こした行動は、誰にとっても……澪にとっても、まったく予想外のものだった。

暁斗は、愉快でたまらない、とでもいうように、大きな音で笑ったのだ。

「すまない。あまりにも茶番が過ぎて。澪が負ける？　あなたに？　なぜ？」

畳みかけられ、佳蓮が不快そうに眉をひそめる。

「なぜって……」

「ああ、あなたの理由はどうでもいい。勝ち負けの問題ではない。必要か不要かの問題だ。そして、私は澪以外いらない」

暁斗の目から笑みが消えた。

銀色の瞳から放たれる視線は矢となり、佳蓮を突き刺す。

「残念だな、佳蓮嬢。今のあなたは、かつての私のように醜い」

「な、な、な……！」

二の句の継げなくなった佳蓮が、その場で地団駄を踏む。屈辱にこぶしを握り締め、背後の婿へと声をかける。

「あなた！　佳蓮は馬鹿にされたわよ！　言い返してやりなさいな！　佳蓮は素晴らしい妻でしょう！　あんなできそこないと違って！」

だが、佳蓮の婿はその場から動くことができなかった。

冷ややかな怒りを秘めた暁斗の眼差しを向けられれば、気の小さな男はそれだけで足がすくんでしまったのだ。

「か、佳蓮、よそう。ほら、踊ろう。きみは今日も綺麗だよ」

「な、なによ！　佳蓮を守る根性もないの！　この役立たず！」

そこまで感情のままに叩きつけ、佳蓮は周囲の様子が先ほどまでとはまるで違っていることに気づく。

「佳蓮さま……いくらなんでも、ですわ……」

「公爵家に男爵家が勝とうなんて、どだい無理なお話……」

「澪さまは社交界にいらしたことがなかったけれど、可愛らしい方ねえ。佳蓮さまと一緒でも見劣りしないわ」

「ああ、あんなドレスと宝石を一度でも身につけられたら！　澪さまがうらやましい！

秋月家が貧しいなんて誰が言ったのかしら！」

「それより、あのかんざし。あれは秋月家の一員として認められた証。あれを手に入れた者は、秋月家の財産も思うままだそうよ」

「では、あの宝石以上のものを澪さまはお持ちに……？」

ひそひそと、貴婦人たちが言い交わすのが耳に入り、さっと佳蓮の顔が青ざめていく。

負けなど知らない人生だった。

それが、こんな大勢の前で叩きのめされている。

……許せない。

佳蓮の胸に炎が燃え上がる。

なにが秋月家のかんざしよ。佳蓮がこんな女に負けるわけないんだから！

ドレスの裾をものともせずに、佳蓮が澪に駆け寄る。

壊してやる！　壊してやるわ！　おまえは今まで通りの「できそこない」よ！

「きゃっ」

佳蓮と体がぶつかり、澪が小さな悲鳴を上げた。

「姉さんにこれは似合わないわ！」

佳蓮の手が澪のかんざしへと伸びる。

あとわずかで指先が珊瑚へと届く、その刹那。

「やめろ、佳蓮嬢」

がっしりとした体がそれを阻んだ。

「公爵⁉」

暁斗の大きな手のひらに腕を握られ、佳蓮が目を見開く。

「このかんざしが似合うのは澪だけだ。思い上がるのもいい加減にしたまえ」

「やっ、痛っ、あなた、助けて」

「自分から仕掛けたくせに助けを乞うのか。本当に恥知らずだな」

「う、うるさい、うるさい、うるさいっ」

手を離された佳蓮が、息を切らしながら言い返す。

「相馬家たっての招きで訪れた舞踏会だが、主催者がこの有様では安心して踊れはしないな。帰るぞ、澪」

「は、はい」

呆然としていた澪が、ようやくこくんとうなずいた。

暁斗がぐるりと辺りを見回す。

「皆さま、大変お騒がせいたしました。しかしながら、秋月家と相馬家、どちらが無作法だったかは一目瞭然でしょう。我々は礼を尽くした。それをことごとく踏みにじったのが相馬佳蓮です。どうか、賢明なご判断を」

静かな声で言い残し、暁斗が澪を連れて舞踏の間を出ていく。

舞踏の間が笑いさざめく——それは、佳蓮へのしのびやかな嘲笑だった。

自慢のドレスが汚れるのもかまわず、佳蓮が床に膝をついた。

——負けた。完敗したのだ、自分は。あれほど軽んじてきた姉に！

そんな妻に寄り添うこともせず、佳蓮の婿はただ、部屋の隅で震えているだけだった。

◇◇◇

「暁斗さま、あの、今日のことは」

「ん、澪、疲れたか？　私は少し疲れたよ」

秋月家に帰宅後。ヨネや一嘉の迎えを終え、暁斗は自室に向かうところだった。そのスーツの裾を、ドレスを着たままの澪が引く。

「違います」

「では、佳蓮嬢についてやりすぎたとでも？　確かに、『穏便に』というきみの言葉には背いたかもしれない。しかし、もう二度ときみに戦いを挑んだりしないよう、しっかりと首輪をつけたつもりなのだが」

「ええ。佳蓮は……気の毒ですが、初めに暁斗さんに無礼を働いたのはあの子です。招いた客にああいったことをするのはいいことではありませんわ。あの子は妹だから味方をしたいですけれど、悪いことをすれば注意されるのは仕方ないことだとも思います」

「ふむ。私はきみの善人ぶりを見くびっていたようだ。この期に及んで味方とはな」

「お気を損じられましたか？」

「いいや。優しさというのはこの上なく強いものだと痛感しただけだ」

「優しくなんて。実は……お母さまからいただいたかんざしを取られそうになったとき、なんてことかと思いましたもの。暁斗さんが助けてくださらなければ大声を上げていたかもしれません」

まるで秘密を打ち明ける口調で言われて、暁斗は笑みを漏らす。

大声を上げるのでさえ申し訳なさそうな澪がいじらしくてならなかったし、これまで、奪われることばかりを甘んじて受けてきた少女が、「大声を上げる」という選択肢を得たのも好ましかった。

「あれはきみだけのものだからな。誰にも渡させはしない」

「秋月家の大切なかんざしですものね」

暁斗の真意など知らず、澪がにこにこと笑う。

「まあ、それもあるが……話は仕舞いか？　仕舞いなら、自室で部屋着に着替えたい」

「あ、あの、その、もう一つ」

口ごもりながら澪が下を向く。

「その……」

澪はなにか言いたいことがあるようだ。

暁斗は辛抱強くその先を待つ。

何度かもごもごと口の中で繰り返して、澪は不意に深く頭を下げた。

「……ありがとうございました！」

勢いに合わせ、かんざしの珊瑚が揺れる。漆黒の髪に深い赤が散る様は、一枚の日本画のようだった。暁斗は思わず見とれてしまう。

暁斗の視線に気づかず、澪がぱっと顔を上げた。

そこには、澄み切った笑みが浮かんでいた。

「なんと言えばいいのでしょう。とにかくお礼を言いたかったんです。皆さまの前でわたしを庇ってくださって。しかも」

そこまで言って、澪がふんわりと頬を染めた。

「？　どうした？」

「その、た、いいえ、なんでもありません」

大切な妻だとおっしゃってくれたのは、わたしだけの宝物にしましょう。

全部、契約を続けるための嘘でもいいのよ。わたしは今日の思い出だけでも生きていけるわ。あのときの暁斗さんのお声は、絶対に忘れない。

秘め続けるこの想い……だとしても、こうして磨き上げることくらいは許されるはずだもの。

「歯切れが悪いな。なにか隠してはいないか？」

暁斗に尋ねられ、澪がぷるぷると首を振った。

隠してはいる。だが、言ってはいけないことだともわかっている。面倒な妻だと離縁されたら、もうそばにはいられない。

「ならばいいのだが。きみは一人で我慢をしていることがあるからな。そういったことはしないように。いいな」

「はい。お気遣いをありがとうございます」

「いい。あまりありがたがるな。私は……きみの夫だ」

嫁入りの日の澪への宣言――「夫であることだけは求めないでくれたまえ」――が頭に浮かび、わずかに暁斗が口ごもる。

美しい銀色の虹彩が物思いにけぶった。

そして、撫でつけられた髪を崩すように手を差し入れ、かき回す。一度吐き出した言葉は元には戻せない。

「私が夫では、きみは気に入らないかもしれないが」

「気に入らないなんて、そんな！」

澪が間髪を容《い》れずに返す。

しかし、それ以上の感情を言葉にすることを迷うように、暁斗は長いまつげを何度か上下させただけだった。

澪は暁斗の返事を待つが、その唇も閉じたままだ。

「そんなこと……」

だから、澪は心細げな口調で繰り返すしかない。

すると、ようやく暁斗がわずかに笑った。

「ならば、きみも、少しは夫に甘えたまえ」

今度は澪が目をしばたたかせる番だった。

じんわりと染みる嬉しさを、なんと言葉にすればうまく伝えられるだろう。

考えた末、澪は暁斗の言う通り、彼に甘えてみることにする。

「で、では、一緒に食事をとることを許していただけますか？」

「なに？」

「暁斗さんはいつもお一人で食事をされるから、お時間があるときはご一緒できればと……わたしに御給仕させてくださいまし！」

澪の肩が震えている。暁斗の返事が怖いに違いない。

澪の懸念とは反対に、暁斗は端的だが冷たさのない声色でそれに答えた。

「わかった。かまわない」

暁斗からすれば、情が湧かないように分けていた食卓だ。だが、澪がともにそこにつきたいと望むなら――。

澪が、大きく目を見開いた。

眼のふちは赤く染まり、まるで泣く寸前のようだ。

大丈夫か、と尋ねる前に、澪の顔が笑み崩れた。暁斗が初めて見る表情だった。

「よかった。おかず、たくさんお作りしますね。あとでお好きな食べものも聞かせてください」

「あ、ああ」

澪の勢いに押され、暁斗が再び同意する。

ドレスの裾をつまみ、澪が貴婦人式の礼をした。

「嬉しいわ。わたしのご用はこれでおしまいです。ほかに、なにかお言いつけがあれば遠慮なくおっしゃってください」

「いや、特になにも」

「かしこまりました。それでは、お疲れのところお時間を取っていただき、ありがとうございました」

ほがらかに口角を持ち上げて、澪がその場を辞そうとする。

ドレスの裾を揺らし、廊下を歩き始め――。

「澪！」

「はい、どうかなさいました？」

呼び止められ、澪が体ごと後ろを振り向く。

「あー……私は、洋食より和食が好きだ」

「まあ！　承知いたしました。腕によりをかけてお作りいたします。ヨネさんに譲ってもらって育てているぬか床がありますの。そちらもぜひ」

「ありがとう。それだけだ」

本当にただそれだけなのに、暁斗の心臓は大きく脈打っていた。

澪の眼差しがまぶしくて、言わなくていいことまで言ってしまいそうだった。

それは澪も同じだった。暁斗の銀色の目に見つめられると、心の奥底に仕舞い込んだ想いの封が解けそうになる。余計なことを口に出してしまいそうになる。

言葉をなくした暁斗と澪は、視線を合わせてぎこちなく笑いあう。

ようやく、暁斗がなにか言おうとしたそのとき――静かな廊下に、一嘉の呼び掛けが遠くから聞こえた。

「む、どうやら緊急の呼び出しのようだ。ひとまず今日の食事は別々だな。すまない」

笑みを消した暁斗がいつもの顔で告げる。

「大丈夫です。お気をつけて……無事で帰ってきてくださいまし」

「ああ、必ず帰ってくる、ここへ」

気づかわしげな澪へ暁斗は力強く返した。

今の自分には、帰るべき場所があるとわかっている声だった。

この物語はフィクションです。
実在の人物、団体等とは一切関係がありません。
本書は書き下ろしです。

七沢ゆきの先生へのファンレターの宛先

〒101-0003　東京都千代田区一ツ橋2-6-3　一ツ橋ビル2F
マイナビ出版　ファン文庫編集部
「七沢ゆきの先生」係

ファン文庫

あやかし帝都の癒しの花嫁

2025年3月20日　初版第1刷発行

著　者　七沢ゆきの
発行者　角竹輝紀
発行所　株式会社マイナビ出版
〒101-0003　東京都千代田区一ツ橋2丁目6番3号　一ツ橋ビル2F
TEL 0480-38-6872（注文専用ダイヤル）
TEL 03-3556-2731（販売部）
TEL 03-3556-2735（編集部）
URL https://book.mynavi.jp

イラスト　しゅんと
装　幀　諸角千尋＋ベイブリッジ・スタジオ
フォーマット　ベイブリッジ・スタジオ
ＤＴＰ　富宗治
校　正　株式会社鷗来堂
印刷・製本　中央精版印刷株式会社

 ISBN978-4-8399-8803-6
Printed in Japan

Fan
ファン文庫

百鬼の花嫁

著者／織都
イラスト／大庭そと

気高き鬼の姫と怜悧な軍人の
政略結婚の顛末とは……？

鬼と人間の間に生まれた花燐は、寒村の粗末な家で暮らしていた。ある日、都築黎人と名乗る軍人がやってきて、人間と妖怪の和平ための政略結婚を申し出る。人間と妖怪の、種族を超えた恋を描くレトロファンタジー。

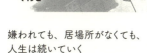

ファン文庫

とりかえばや陰陽師とはぐれ検非違使

著者／遠藤遼
イラスト／春野薫久

黒衣と白衣。
真逆のふたりが都を走り難事怪事を解決！

時は平安。都の平穏を護るため、本来なら交わるはずもない検非違使と陰陽師が手を組むことに。しかし、はぐれ者の検非違使・三浦貞頼と、安倍晴明の再来と誉れ高い陰陽師・安倍菊月は、何かといがみ合い相容れない。しかも菊月は男装の麗人で——。

Fan
ファン文庫

（アイドルを目指す）もぐらのすうぷ屋さん

著者／鳩見すた
イラスト／sora

美味しいスープを提供するのは
可愛い三匹のもぐら!?

オフィス街の雑居ビルの地下、日曜日だけ営業する「根《こん》カフェ」。美味しいすうぷを提供するのは、アイドルを目指す三匹のもぐらと、オーナーと呼ばれる大型犬だった！　温かなすうぷと可愛い店員たちが心を癒やす、ハートフルな連作短編。